青春逆轉勝！

主編◎薛春光

繪圖◎陳維霖

編者序

薛春光

從閱讀故事開始，有研究指出可以培養孩子的創意；但更樂見的是，當故事在校園中一代一代的流傳，愛也在校園中漸漸地蔓延……

擔任校長多年，校園中發生的許許多多感人故事，似乎說也說不完。我愛說故事，更愛看孩子們注視著我說故事時的眼神。現今社會變遷快速，媒體、網路資料快速傳輸，氾濫的訊息，幻化的聲光刺激，幾乎完全擄獲孩子的眼，占據孩子的心，很多教師感嘆現在孩子的專注力大不如前，要孩子聚精會神的上課越來越難。但，我發現只要我一開始說起故事，尤其是親身經歷的故事，孩子們立刻就能被吸引，故事成了我和孩子溝通的橋梁，也成了我傳達教育理念的利器。

二〇一〇年，在我心中醞釀已久的念頭，終於付諸實行——邀請一群校長一起說故事。校長本身的人生閱歷豐富，信手拈來，每位校長都能說上幾個動人的故事。平時也許只說給自己學校的學生聽，但透過多位校長的智慧結晶，將生命故事化為文字集結，就能讓更多的孩子得到啟發，發揮更大的影響力。透過故事的傳遞，更貼近孩子的心，打動孩子的內在，傳遞校園的善，也傳遞校園的愛。

本書作者群共有十一位校長，故事取材均與作者本身有關，有些是聽聞改編、親身經歷，甚至有極高比例的主角就是校長本人的生命故事。書中主題多元，含括人權、品德、性平、生命、反霸凌、法律常識等議題，主角的背景則有單親扶養、弱勢家庭、憂鬱症患者、家暴個案等。故事主角在他們的生命歷程中除了遇到學校老師、家人、鄰居等貴人的協助外，更重要的是自我永不放棄的努力，最後才能戰勝逆境，逆轉虛度的青春歲月，成就不凡的未來，書名《青春，逆轉勝！》由此而來。

感謝願意獻出自己生命故事的十一位校長：李立泰、李惠銘、呂秋萍、施青珍、徐淑芬、徐淑敏、陶道毓、黃淑美、劉秀汶、劉淑芬、鄭建立校長（依姓氏筆畫順序排列），並無私的將版稅全數捐出。感謝游鯉毓主任，將文章加以編輯潤飾與整理，並增添〈青春．導鈴〉之語，具畫龍點睛之效，讓此書更富教育價值。特別要感謝幼獅文化公司用心、嚴謹的協助，為了精選書名，從最初的六個書名，擴大參與層面集思廣益到十一個票選，並歷經至少三次版面改編，才讓此書付梓。最後，感謝所有參與及促成此書出版的每一位好伙伴，尤其是中華民國中小學校長協會的支持。

編纂此書，將每個故事細細品味，心中感動莫名。期待書中的故事，能引導孩子對生命有更深的體悟，在生活中時時用心以對。處於順境者能懂得珍惜、感恩惜福；處於逆境者能逆轉劣勢、戰勝困難，衷心盼望每個孩子都能迎向屬於自己的青春、屬於自己的未來！

作者群介紹（依姓氏筆畫順序）

李立泰／新北市立泰山國中校長

政治大學教育研究所學校行政碩士。專文收錄於林文律的《中學校長的心情故事》、台北市政府的《技職教育的天空》（第7輯）。

李惠銘／新北市立桃子腳國中小校長

台灣師範大學國文學系畢業、台灣師範大學教育研究所肄業。台北市高中國文科輔導團總幹事、開辦「台北市青少年學生文學獎」。

呂秋萍／新北市立中正國中校長

政治大學學校行政碩士班畢業、國立台北教育大學教育政策與管理研究所博士候選人。榮獲台北縣學生事務及輔導工作績優人員、新北市友善校園學輔工作輔導團員、93年全國學校經營創新獎獲特優。

施青珍／新北市立萬里國中校長

台灣師大教育心理與輔導學系畢業、教育行政碩士。榮獲教育部友善校園績優行政人員、教育部技藝教育績優人員、新北市國中綜合領域輔導團副召集人。

徐淑芬／新北市立尖山國中校長

台灣師範大學教育系畢業、行政碩士班結業。榮獲教育部94學年度全國技藝教育績優人員、台北縣95年度師鐸獎教師、新北市性別平等輔導團國中組召集人。

徐淑敏／新北市立碧華國中校長

中興大學中國文學系畢業、台北教育大學教育政策與管理研究所肄業。92學年度台北縣文山區國語文競賽教師組演說第1名、96學年度教育部推動中輟輔導業務績優人員、100學年度率碧華國中絲竹樂團榮獲全國音樂比賽特優。

陶道毓／新北市立土城國中校長

彰化師範大學科教系數學組畢業、政治大學教育研究所肄業。新北市國中數學輔導團召集人。

黃淑美／新北市立育林國中校長

高雄師範大學教育系畢業、台灣師範大學教育研究所碩士。推動國際教育有功、推動品德教育績優、推動輔導工作有功、100年度編輯教育部電子書《攜手護青春～國中輔導案例彙編》。

劉秀汶／新北市立石碇高中校長

台灣師範大學衛生教育系畢業、教育研究所碩士、台北教育大學教育政策與管理研究所博士候選人。新北市健體領域輔導團國中組96～100學年度召集人、新北市家庭教育輔導團及友善校園輔導團團員、新北市100年度特殊優良教師。

劉淑芬／新北市立忠孝國中校長

台灣大學歷史學系畢業、政治大學教育研究所學校行政碩士、國立台北教育大學教育政策與管理研究所博士候選人。新北市國中社會領域輔導團副召集人、新北市學生事務與輔導工作輔導團團員、93年度榮獲賈馥茗教授獎學金優良學術論文獎。

鄭建立／新北市立積穗國中校長

台灣師範大學化學系畢業。參加科展榮獲教師組全國第三名。

編輯

游鯉毓／新北市立龍埔國中教務主任

輔仁大學數學系純數組畢業、教育領導與發展研究所碩士。100年度編輯教育部電子書《攜手護青春～國中輔導案例彙編》。

目錄

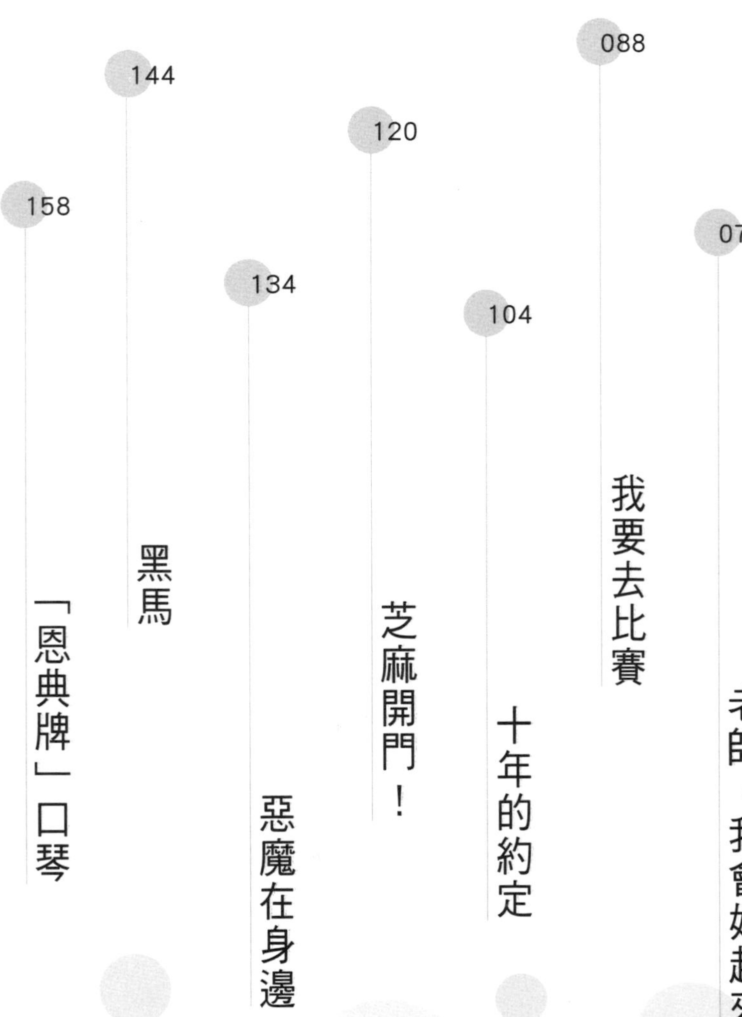

關鍵的午後

廖茂透露，因為雙方又有別的過節，所以今天放學後的約鬥，將會出現一些「武器」，說正格的，他心裡怕得要命，只是嘴巴上總要耍狠一下！

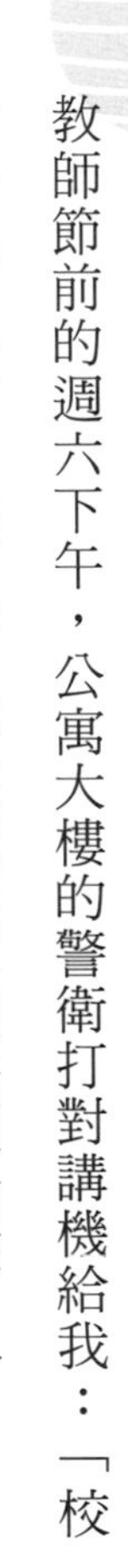

教師節前的週六下午，公寓大樓的警衛打對講機給我：「校長，有一位國小的家長會長，說是您的學生要來拜訪您！」

「歡迎！請他進來吧！」我心中一陣納悶：「會是誰呢？」想想學生都當起家長會長了，還真不能不承認我是有點老了！

進來的年輕人外型英挺，但是乍看下實在很難想起跟他是什麼時候的緣分和情誼。

「校長好！我是李義啦！老師還記不記得我？能不能叫老師比較自然啦？」

年輕人走過來，邊說邊遞名片給我。看著他年輕的臉，再同時看著名片，他一口氣不停的繼續說：「老師，我的小孩已經念國小了，我當了兩年家長會的副會長，下個月改選，會長要我接棒！

「老師還記得我國中愛打架，後來進柔道隊的事嗎？因為當時成長的經驗，我一直想在國小推動柔道社團，希望小孩子旺盛的精力能有正確的發洩和紓解管道。

「我好不容易才打聽到老師當了校長，而且學校有很豐富的柔道推動經驗，所以我是想來請老師幫忙的……」

還真的是李義！我看著他，回想起那段慘烈的往事！

※　※　※

「喔伊、喔伊、叭……叭……！」救護車響著刺耳的鳴笛聲，疾駛而過，急診室送進來的是跟在「茂大」身邊的小嘍囉，手好像被砍了，四維公園有兩派不知死活的小鬼在那兒鬥毆。廖茂外號「茂大」、李義人稱「義哥」，是分別住在不同社區的死對頭，在校園裡各有各的勢力。兩個人平日口語和肢體上的衝突不斷，不僅是學校的頭痛人物，更是學務處和輔導處的常客，那時的我正好是訓導主任。國二期末時，兩人在校外發生肢體衝突，除了有些皮肉傷外，更麻煩的是彼此放話，準備帶人喬傢伙給對方好看！事情發生的當天下午，雙方都邀集了各路「英雄好漢」，準備放學後在校外做一了斷，有同學擔心釀成大禍，私下來訓導處通報。當雙方被叫來訓導處時，還互相鬥口謾罵，譏笑對方沒膽量才找別人幫忙。

經過個別談話，才知道李義因為聽說廖茂的表哥是個遊手好閒、唯恐天下不亂的高中中輟生，已放話說要約一幫狐群狗黨來替廖茂出氣；李義擔心人少勢單，於是請鄰居就讀高職的朋友幫他約同學來助陣，而鄰居朋友的朋友又找了一些不同學校的同學來壯大聲勢。其實，李義心中很害怕，只是當「大哥」的人，一定得假裝堅強應付罷了！

廖茂在述說事情時一直怨罵李義，認為李義沒有膽子，都是因為李義先找了人當靠山，所以他才不得不搬出表哥來保護自

己。不過，他透露因為雙方的親友團中又有別的過節，所以今天放學後的約鬥，將會出現一些「武器」，說正格的，他心裡是怕得要命，只是嘴巴上總要耍狠一下！

當我知道問題已擴大到校外，而且有可能引發群聚械鬥，除了急邀雙方家長到校當面溝通處理，另一方面也通知了派出所幫忙處理將要發生的群聚鬥毆事件。

由於雙方以往已有相當多的衝突，再加上兩人充滿怨恨的控訴，以及夾雜許多猜疑、傳話的矛盾和不快，造成彼此不滿的因素實在錯綜複雜，眼看揮拳打架似乎是必然發生的行為，我決定快刀斬亂麻，力求讓雙方心服口服的處置，更希望能避免校外的混亂事件發生。在那個還有體罰的年代，我做出的懲處比學生預期中來的還重，但因兩人及家長都認同，大家倒也甘願地接受。當然，事後證明我的處置還真是最小的代價。

在他們接受處罰的同時，更重要的是要求雙方聯絡他們的戰鬥群，說明事情已化解，並要求停止挑釁動作。不幸的是當時沒有手機，外面的兩邊人手都聯絡不到。因為怕他們離開學校後又有突發事件，所以先將當事人雙方留在校內，直到傍晚六點才由家長直接帶回家。這期間曾接到派出所通報，確實驅離了兩群聚集的青少年，很幸運的因為事先了解，所以避免了一場混亂！

隔天一大早，廖茂的爸爸帶他來學校，他說：「還好昨天有即時處理，要不然還真不知該怎麼收場！主任，你知道嗎？昨天警察雖然即時驅散了大部分的小孩，但是在四維公園那邊，有幾個好死不死碰上了，結果就打起來，聽說有人被砍斷了手，其他的幾乎也都受了皮肉傷，被送到縣立醫院去呢！唉！這些兔崽子真是不知死活！」

經過這次流血事件，雙方家長接受學校建議，每天早晚接送小孩，大家都認同處罰的公信力，事件就漸趨於平靜了！然而，我為了讓這兩個精力旺盛的學生有追求的目標，而且體能有發揮的地方，更要緊的是學到約束自己的紀律，我強烈建議家長讓他們加入柔道隊。因為柔道除了強調保護自己之外，更重要的是重

視「武德」。至此，李義和廖茂的國中後半生活也就平靜的完成了！

※　※　※

「國中畢業後，看來你發展的滿不錯，行有餘力還願意幫忙學校和孩子，不錯，我真為你感到驕傲！」看到李義的成長轉變，心中掩不住喜悅。

「老師你知道嘛，我成績不怎麼樣！念完五專後就去當兵，回來後剛開始當業務員表現得也不怎麼樣，不過，當年苦練柔道的精神，倒發揮了很大的效果。後來和朋友一起創業，也是那分堅毅的心，陪我熬過初期的困難，慢慢的努力，現在總算有點成

續囉！」

「阿茂呢？」

「上了高中他還有繼續練柔道，而且參加比賽有得獎呢！聽說當完兵回來在私人機構服務，最近就沒有消息了。」

「李義，你有沒有想過，要是那個下午沒有阻止，你可能就成為電影《艋舺》真實版的男主角了。」我對這個年輕的家長會長開玩笑的說。

「老師，當時年輕衝動不懂事，懵懵懂懂、沒有生活目標，只知道跟著感覺走，現在自己有小孩了，終於懂得老師的苦心！當年若不是您即時處罰，停止惡鬥，真不敢想像我還能不能回到學校念書，尤其後來的柔道訓練，對我真是幫助太大了！」

「其實當家長會長，我是抱著回饋社會、感恩的心情在做啦，感謝老師您讓我進柔道隊，改變我暴躁的個性、感謝您讓我懂得什麼叫『義氣』、感謝您在我不斷惹是生非、迷惘糊塗的時候，還願意伸出手拉我一把……」

聽到李義一長串感恩的話，我內心澎湃洶湧，不善於表達情感的我，只能握著他的手告訴他：「李義，說真的，回想起當年處罰你們還真的滿凶悍的，現在年紀漸長，真覺得有點對不起你們，希望你能包涵！」

「老師，您別這麼說！」

看著李義離去的背影，我腦海裡浮現起曾經火紅的賣座電影《艋舺》，片子裡為了「義氣」讓男主角命喪街頭，還好李義選擇拒絕在現實人生中演出這個角色，他選擇演個「家長會長」這樣劇情溫馨的角色，用回饋孩子的大愛來感動周遭的人。愛操煩的我，心中又放下一顆石頭，青春少年夢，還真是千變萬化呢！

青春・導鈴

青少年的個性較容易衝動，也比較不懂事，生活中懵懵懂懂、沒有目標，很多時候只知道跟著感覺走，但卻又常常在做「青春少年夢」。想當個英雄，受人尊敬與稱讚，但往往不能控制事情的發展，即便知道將鑄成大錯，卻都礙於面子不敢喊停，就算心裡怕得要命，嘴巴上仍要逞強，李義與廖茂都是如此。所幸兩人最後都有柔道當作生活重心，也從中習得以柔克剛的武德精神，並實踐於生活中。

「青春少年夢」，每個人都會做，只是不適合自己的

要趕快醒來，希望每個孩子夢醒時都是帶著笑容！

心靈驛站

勇者創造命運，弱者依賴命運；

仁者靜觀命運，智者改變命運。

等待不一樣的花火季節

上課時，他帶頭作亂，當場挑釁我的教師權威，站在講台上的我，好不容易捱到下課時間，找他私底下談談，他竟然眼神直盯天花板，完全無視於我的存在……

「老師您好，我是小豪，幾年不見了，近來好嗎？今年教師節有空嗎？我打算趁休假時，回學校探望您喔。」電話聽筒裡傳來有點陌生卻又似曾相識的聲音……，「小豪？你就是以前差點把學校後山燒掉的小豪？」「對啦！老師您終於想起來了，還好老師沒忘記我，我就是當年經常把幾位女老師氣到哭，到您那兒告狀，害您頭痛到不行的小豪啦！……」

在電話裡聊了一會兒，才知道當年學校的頭號風雲人物小豪，從高職畢業後，順利考上了技術學院，幾年前進入一家國際級的化學工業公司，擔任「煙火研發工程師」，現在世界各大都市跨年活動的煙火秀，很多都是出自他的創作呢！

得知小豪的現況與成就，除了感動到眼眶不禁泛溼外，腦中立即浮現十年前那位經常蹺課、抽菸、打架……總是讓我憂心到晚上失眠，白天還需跑學務處幫他解決問題、收拾善後的小豪。

※　※　※

記得有一次班上同學集體蹺課，直到學校後山傳來巨響和火光，才知道同學們利用上理化課時，偷拿了實驗室的器材，然後集體蹺課到後山上自製「仙女棒」和「沖天炮」，由於製作技術不夠純熟，鞭炮沒放成，反而引發爆炸，四散的火花掉到草叢裡，差點把後山燒了。這事件搞得全校人心惶惶，經過調查，原來從策劃到事發，全由小豪主導。

當時心想他們都懂得運用實驗器材製造鞭炮來施放，何不導正他們的觀念態度，將聰明智慧用在學習正途呢？於是利用校外教學日，我大膽安排同學參訪工業區裡的幾家化學工廠，希望藉由參訪，讓他們對學習產生興趣，但是他們卻覺得我根本沒誠意帶大家到校外旅遊，其他班同學都可以參訪好玩的旅遊景點，唯獨我們卻安排參觀「工廠」。在同學們一片質疑聲中，我們結束了此次特別的校外教學，回程中我觀察到同學們在車上睡的睡、玩的玩，只有小豪，他的眼中似乎閃爍著充滿自信的火光，而這眼神，是我以前從未看過的！

小豪是班上的大哥大，具有領袖魅力，同學們幾乎以他馬首

是瞻。記得有一次上課時，他帶頭作亂，當場挑釁我的教師權威，站在講台上的我，好不容易捱到下課時間，找他私底下談談，他竟然眼神直盯天花板，完全無視於我的存在……當下我真想挖個地洞鑽進去！但我仍忍住，心平氣和地告訴他：「老師下一節還有課，現在沒時間繼續談，但我會再找時間，希望你能和我聊一聊。」

我和他約當日放學後到導師辦公室來，但約定時間已過，卻不見小豪出現——他竟然爽約了，只留下獨自在辦公室空等待的我！隔天仍未見小豪到校上課，家中電話也一直沒人接聽，想到班上同學的家裡幾乎都拜訪過了，就獨漏小豪，因為他總是告訴

等待不一樣的花火季節

我：爸媽不在家，今天不方便。於是當天放學後，我決定騎單車到小豪家，了解他到底發生了什麼事。

第一次到小豪家，按門鈴後，久久才聽見小豪的應答，我請他趕快開門，許久才見他姍姍來遲。一進屋內，我才知道何謂「家徒四壁」！客廳內光線昏暗，空氣渾濁，除此之外空無一物，我們就站在客廳中聊了起來。「小豪，爸爸、媽媽呢？就你一人在家呀？今天怎麼沒來學校上課？」小豪說：「爸爸因為販毒被關起來，媽媽這幾天身體不舒服，又有精神疾病，有時還會拿菜刀朝人亂砍，所以舅舅就送媽媽到醫療單位診療。」

我擔心他的生活起居沒人照料，於是繼續追問：「那你和哥

哥這幾天怎麼辦？」小豪回答：「還好啦，舅舅就住在這附近，會過來照顧我們。」此時，我眼眶內的淚珠突然不聽話，就這麼滑了下來……原來眼前常惹是生非的小豪，家庭生活中有這麼不為人知、心酸艱苦的一面；我有點懊惱，我應該更早就到小豪家裡進行家庭訪問才對啊！這樣，或許我就可以提早給他一些幫助。

返校後，我和小豪的距離似乎拉近了許多。小豪遠遠在走廊上看見我，總能與我會心微笑，我知道他心裡已開始軟化了，我也積極了解小豪家庭經濟補助的各項管道，協助為他申請助學金及社會救助金，也請社工師及里長多到家裡關心，援助小豪及哥哥的生活；課餘後，我則留小豪在學校，希望利用留下來的時間為他補課，共同面對即將來臨的升學考試。我們想在短時間內彌補先前所有的學習落差，確實不是一件容易的事，但小豪已有心理準備，只要有恆心、有毅力、不放棄，終會有「鐵杵磨成繡花針」的一天！

這樣的努力持續了一學期，我和小豪之間也培養了有如母子般的情感，他感受到我的關心，因此躁動不安的情緒漸漸穩定下來，行為舉止也改變很多，有時甚至會主動管理班上秩序。

參觀工廠回來後一週的某天傍晚，小豪找了班上幾個死黨跑來辦公室找我，一反常態地吞吞吐吐、欲言又止的說：「可不可以幫他們報名參加校內科展？」他們想研究的題目是與「環保煙火」有關的議題，我立即表示大力支持，並願意提供所有研究材料費用，同時幫他們請求理化老師的指導，理化老師雖然十分訝異，但也願意提供協助。於是，小豪這群人從此不再蹺課了，放學後就關進實驗室，翻閱各種參考書籍，積極地準備科展。我也總是在學校陪伴他們，偶爾給他們帶點晚餐，鼓勵一番。一個半月後，他們順利交件，在全校十多件作品中，他們的「花火」獲得佳作的肯定。那天朝會，小豪有生以來第一次上台領獎，我看到他露出靦腆的笑容，也再次看到他眼神中的火光。

畢業前，小豪告訴我：「老師，我想通了，這段時間謝謝老師及大家對我的鼓勵和幫忙，請老師放心，我想要畢業後一邊工讀幫忙家計，一邊參加技職考試；未來希望能半工半讀、自立自強，減輕親戚負擔，也能就近照顧生病的媽媽。」當時的我，看見懂事體貼、眼神中又充滿自信的小豪，立刻表示贊同，鼓勵他好好加油，朝自己的理想奮鬥不懈。我知道，雖然他的未來還需要辛苦打拚，但我深信皇天不負苦心人，只要永不放棄並堅持理想持續努力，小豪一定能為自己綻放出不一樣的花火來！

青春・導鈴

小豪在學校表現出一副天不怕地不怕、大家都要敬畏他幾分的樣子，私底下的家庭生活中卻有這麼不爲人知、心酸艱苦的一面，因此，他要藉由外表的威風，來掩飾他在家庭無法獲得的滿足。文中的老師，透過不斷的關心與鼓勵，讓小豪獲得他的成就感，領了生平第一張獎狀，也確立了他未來的目標。生命的目的是以所有的形式去展現愛，只要永不放棄並堅持理想持續努力，就能像小豪一樣，爲自己綻放出不一樣的花火來！

心靈驛站

在歷史的沖刷下，名、利、權都顯得渺小而不重要。附著力強而能留下閃爍光芒的，反而是那些堅持跟隨自己心中清晰而不同的鼓聲，走一條不同的路，追一個看似縹渺的夢的那些人物。而往往那個夢因爲對公眾有益，逐漸匯集成眾人之夢，帶動了一些或明顯、或點點滴滴看不見的巨大影響。而經過歷史的沖刷愈久，留下的閃亮才愈眞實而執著。

「黑道校長」向上記

看他這麼不知上進，我一度氣得想把他抓到辦公室好好打一頓，甚至想叫他轉學、休學，但想起他分裂四散的家庭、想起他的無家可歸……

退休的日子過得平淡無奇，不過，昨天晚上接到的那通電話，讓我心頭扎扎實實地震動了一下！

林偉明，這個二十年前畢業的學生、一度去混黑道的孩子，昨晚竟然打電話來說「他當校長了」，後天就要上任，邀請我去參加他的就職典禮，而且要我第一個致詞。

真是太意外了，當下想到，我可能太早退休了，不然，搞不好可以再教出幾個「黑道校長」！

※　※　※

二十年前，我在高雄市某國中服務，身兼註冊組長和一年級導師。林偉明是一年級下學期從鄉下轉學來的，因為有緣，剛好就編進我們班。

這孩子第一眼就讓人印象深刻，因為他全身上下裡裡外外，都令人充滿疑問——除了黝黑得發亮的皮膚，明確地告訴大家他來自日晒充足的海邊以外。

一身顯然過舊、過大的白上衣、藍短褲，著實引人好奇，只穿了一學期的國中制服，怎會如此破舊呢？還有，辦轉學手續，怎會是自己一人，沒有家長陪同呢？他的眼神，有因為對環境陌生而流露的一絲恐懼，卻同時也閃爍著不屑與高傲，這是一個什麼樣的孩子呢？

註冊組一開學是很忙碌的，我竟然很快就忘了這個剛開始還

表現得頗「正常」的孩子。

大約過了一個月，有學生傳說，班上很多人都會到隔壁的實驗室談判，還打了架。當下氣得火冒三丈，隔天早自習，我一進教室，就在講桌上用力一拍，大聲問：「有在實驗室打過架的站起來！」剛講完，林偉明就站起來。看到他，我才突然醒過來似的，怎麼忙到把他忘了呢？這是在對我發出求救的訊號嗎？

他來自台南的漁村，小學一路都是班長、模範生，但是自幼父母離異，也讓他有一個充滿矛盾的童年：因為成績好，他受到許多讚美和欣羨；但也因為單親、家貧，受盡了奚落和嘲笑。

有一次，同學穿了一雙新皮鞋來，從沒穿過皮鞋的林偉明，一時興起跟他借來穿，立即覺得高人一等，走路有風。結果卻被班上一位女同學說：「想不到，你也能穿皮鞋！」

國小畢業時，他拿了縣長獎，當地國中的校長和四位主任，親自到他家拉他入學，結果被他父親高傲地拒絕了。兩週後，由於參加明星私立學校的抽籤落榜，父親又叫他自己拿畢業證書到原來的國中去辦理入學。果然，就被教務主任奚落了一頓，他的國中生活，就這麼很不光彩地開始。

話說開學那一天，因為父親離家多日未回，他們三兄妹沒錢、也沒有制服可以穿去上學。多虧不放心的祖母一大早來看他們，才帶去敲百貨行的門，買了唯一的一套國中制服，就這樣穿

了一學期。

國中生涯的第一個學期，他過得很落寞。由於課業加重、變深、變難，他原來唯一可以傲人的課業成績，也開始一落千丈。昔日以拚過他為目標的國小同學，不久都一一超越他，到了學期結束時，他幾乎在班上墊底。

寒假時，父親因案入獄，三兄妹各自投靠親戚。林偉明就帶著一個包袱，隻身到高雄寄住叔叔家。後來，他自己說，能到高雄來，覺得很興奮，一方面可以脫離那個讓他越來越難自處的環境；其次，高雄是個繁華都市，對他這樣的鄉下孩子有無窮的吸引力。

於是，他就這樣來到我的班級。不過，也怪我這個導師疏於照顧，讓他一開始就因為家貧又有個性，受到班上同學排擠，才會引發和同學打架的事件。

幸好，這次事件讓我及時注意到他，給予一番鼓勵和關懷，沒想到，第一次段考就考進前三名！我還幫他申請了獎學金。聽說離婚後的媽媽，偶爾還會來學校看他，每個月給他兩百元零用錢，是他唯一的經濟來源。所以三百元的獎學金，對他不無小補。

但，好景不常，沒多久，我聽說他會抽菸，放學後常流連百貨公司、電動遊樂場。

英文

我當然很生氣，不過，也覺得他很無辜。這麼小就寄人籬下，那種滋味不是所有人能體會。因為那並不是他真正的「家」，所以他也不太喜歡回去。

但流連在外需要錢啊，果然一個暑假過完，他就被「聖公媽」那一區的黑幫吸收了，放學後會跟著去菜市場收保護費，假日還跟著出陣頭。

成績，當然是一落千丈，這樣還能給他「優秀獎學金」嗎？當然不行，但我覺得他是無辜的，他一定會醒來。所以，我繼續幫他申請「清寒獎學金」。後來，他告訴我，獎學金一拿到，都去買香菸、打撞球。

我得知後，倒不會很生氣，覺得這算是一種年少輕狂吧！我相信他並沒有壞到骨子裡，我偏要看看是我先放棄，還是他先打退堂鼓！

國二過完，他的成績果然又墊底了，而且也成了訓導處的常客，早已記滿三個大過。我不敢想像再過一個暑假，我還教得動他嗎？

國三一開學，面對滿頭金髮的他，我壓抑著怒氣，不動聲色的給他「清寒獎學金」，我猜他應該也是一樣馬上抽掉跟撞掉！

看他這麼不知上進，我一度氣得想把他抓到辦公室好好打一頓，甚至想叫他轉學、休學，但想起他分裂四散的家庭、想起他的無家可歸、想起他才十五歲就已過了十幾年不快樂的生活，我覺得他需要的是鼓勵，而不是責打。我不能退縮，要繼續跟他「戰」下去！

或許受了全班開始拚聯考的讀書氣氛影響，寒假一過完，他竟然主動跑來跟我說，別再給他獎學金了，他覺得自己不夠格，他想要拚一拚，如果考得不錯，再給他「優秀獎學金」。

我贏了！他終於醒了！我繼續增強他的意志：「若你要往下掉，那是無底洞，不知會掉多深；但你要往上爬，目標就很清楚，未來就在你面前！」

雖然他天資聰穎，畢竟起步還是慢了些，所以只考上第二志願的高中。不過之後好像讀得不錯，畢業時，竟高分考取師範大學教育系。

過了約十年，我已調校，他費了一番心力才找到我。那時，他已是一位春風化雨的老師了。又過了五、六年，他來信說，自己當了訓導主任，每天和那群抽菸、打架、混黑幫的孩子在一起，漸漸能了解，當年他那麼壞，為什麼我還要對他好。後來，可能他也忙吧，就疏於聯絡，一直到昨天晚上那通電話……

想起這些陳年往事，雖然已過二十年了，卻還記憶猶新。他說如果沒有我當年一直鼓勵他，現在他不知道已掉到哪裡去了！被他這麼一講，我真的感覺太早退休了。世界上還有比當老師更精采、更豐富的生活嗎？

不過，當務之急，還是要好好想想在他的就職典禮上，如何跟大家介紹這位「黑道校長」！

青春・導鈴

每個人的家庭環境不是自己能選擇，家庭能給予我們的不見得人人相同，但剛出生的我們都如同一張白紙，隨著成長的路上，會面對很多的誘惑或選擇、很大的困難

或挑戰，此時陪在我們身邊的，不見得就是「益友」。但未來是掌握在自己手上的，如同文中的老師所言：「你要往下掉，那是無底洞，不知會掉多深；但你要往上爬，目標就很清楚，未來就在你面前！」只要確認我們想過的生活，朝此目標邁進，最重要的是堅定自己的心，那就沒有什麼事是可以左右我們了！

心靈驛站

在肉體上，我們無法避開病痛；

在精神上，我們卻可選擇歡娛。

在人生旅途中，我們無法避開死亡；

在他人回憶裡，我們卻可獲得重生。

我寧願有媽媽

家祥看著爸爸不斷淌著淚，感覺得出他心中的不捨，但這回爸爸沒有制止、也沒有反對，好像以往他視為珍寶的東西，現在都不重要了。

夏日黃昏，走在人車熙來攘往的馬路，王老師提著大包小包的食物，正趕著回家準備晚餐。

「老師好！我是家祥，您還記得我嗎？」王老師仔細端詳眼前這位牽著一個小女孩的年輕人，是家祥，沒錯！

「家祥，好多年沒見，一切都好嗎？」「老師，當年真是謝謝您！」王老師目送家祥行色匆匆漸行漸遠的背影。家祥急著送小表妹去補習班，接著還要趕去家教，多年來他總是如此上進、貼心，懂事到令人心疼，這樣的孩子讓人很難忘記。

※　※　※

家祥，是王老師多年前的學生，開始注意家祥是因為他的一幅畫。當時美術老師出了一項作業——人像素描，而家祥畫了王老師。為何會畫一個每週只任教兩節課的老師？家祥心裡明白，雖然他從未怨懟老天給了他一個那樣的媽媽，但他心目中理想母親的形象就像王老師一樣。課堂上，家祥依舊靦腆、不多話，但只要王老師出的作業他都一定用心完成，不，應該說是完美呈現。可是每當王老師想進一步關心家祥，他就會立刻關閉溝通之門，因為他不想對王老師有太多依賴，畢竟，他有自己的媽媽。

家祥的制服雖然很舊，但他總是把自己打理得很乾淨，溫文儒雅略帶些蒼白，有別於一般總是汗流浹背、精力旺盛的國中大男生。國二下學期，王老師幫家境清寒的家祥申請了一份校外的獎學金，填寫資料時家祥沒有拒絕，但當老師告訴他這獎學金必須親臨會場接受頒獎時，他開始猶豫，甚至想要放棄。家祥想起父親汗水淋漓踩著裝滿資源回收的三輪車的背影，想起他急急忙忙趕回家準備晚餐給母親吃的模樣，要父母陪同親臨現場怎麼可能？在家祥的記憶中，全家人從未一同出遊。這幾年，家祥除了上學，陪母親就診的醫院，是他去過最遠的地方。他只小小聲的說：「爸媽不會開車」，想讓老師放棄讓他出席領獎的念頭。沒想到老師回答：「這很容易解決啊！星期六下午兩點在校門口等，我載你們去，就這麼說定了。」然而，那個下午，家祥並沒有出現，當然家祥的父母也沒有出現。因為，當家祥告訴爸爸這

件事時，爸爸只簡短的說：「把獎學金留給更需要的人，我們用不著。」

家祥的父親是位退伍老兵，以拾荒維生，一家生活雖然清苦，但從不肯受人接濟，也不願領取任何社會救助。一位人窮志不窮、令人敬重，足以為孩子楷模的父親，怪不得把家祥教得這麼好。而家祥的母親，據說身體不好，但家祥很懂事，會照顧母親。校內的老師都對這位雖然體弱，但仍不疏忽子女教養的母親，充滿敬意與好奇。

「老師，這是我的媽媽。」「家祥媽媽，您好。」家祥媽媽含糊的回應「好啊！」那不甚清晰的口齒，天真無邪的笑容，剎時間王老師完全明白了，為什麼家祥總說要回家照顧媽媽。因為，家祥的媽媽不只體弱，她還領有中度智能障礙手冊，生活起居都需要家人照顧。每天放學後，家祥都會盡快趕回家，陪伴媽媽，也帶媽媽在住家附近走走。今天，家祥帶著媽媽，來到學校參加家長日活動，家祥媽媽看來很開心，而家祥緊握媽媽的手，臉龐沒有課堂上的靦腆，反而散發出一股篤定與堅毅。家祥知道大家都對他的媽媽好奇，他也知道帶媽媽來，會引起同學們異樣的眼光，但他還是勇敢的陪著母親走進校園，向老師、同學介紹：這是我的媽媽。看著難得出「遠門」又喜歡熱鬧的媽媽，興高采烈的揮舞著雙手跟王老師打招呼，家祥臉上也展現出難得的

燦爛笑容。

這年冬天，家祥沒來學校上課。「他媽媽死了！」同學回應著王老師的問話。「什麼時候的事？」「不知道，他好幾天沒來了。」下課後，王老師與導師約好一起到家祥家。家祥家裡沒人，但整個屋子塞滿了回收物。

鄰居們看到學校老師來了，開始數說起家祥平時的家居瑣事。「那個小孩很乖，以前他家沒電，他會在樓梯間看書，那邊比較亮。」原來，家祥的好成績都是就著樓梯間的微弱燈光苦讀而來的。在如此克難的環境下，他的成績卻能保持名列前茅。

「他每天都回家煮飯給媽媽吃，也會帶媽媽去樓下散步，很孝順

的喔！」怪不得家祥必須放棄課後與同學馳騁球場的時光，總是要早點回家。「他假日都會幫爸爸做資源回收。」「他也會幫阿姨照顧表弟妹。」「他很有禮貌喔，看到人都會問好。」……鄰居們對家祥句句都是讚美，而這許許多多的讚美對一個國中生而言，實在是沉重的負擔。

接下來的一段時間，家祥的爸爸及其他親戚，忙著處理家祥媽媽的後事。一些宗教團體到家祥家幫忙誦經，喪禮結束後，他們也一起著手整頓家裡的環境，因為這環境時常造成鄰居們的微詞。家祥只是靜靜的看著大夥把家裡一堆又一堆的資源回收物往外清理，隨車帶走。空氣中飄散著陣陣的異味，還有一種詭譎的

氣氛。家祥看著爸爸不斷淌著淚，感覺得出他心中的不捨，但這回爸爸沒有制止、也沒有反對，好像家裡這些他費盡力氣回收，以往他視為珍寶的東西，現在都不重要了。

媽媽走了，家祥和爸爸的心中都宛如出現一個很大的缺口，人生似乎也失去了奮鬥的意義。老父以往努力硬撐的把家扛起，只是為保護愛妻，讓她有個遮風避雨的處所，如今，妻子走了，再沒有硬撐下去的理由。幾天折騰下來，家祥的爸爸一下子老了許多，接下來的日子，家祥知道該換他來照顧爸爸了。

家祥的事很快便在學校傳開了，各界的捐款絡繹不絕。本來家祥的爸爸一如往常，不願接受，但幾經學校主任的溝通，家祥的爸爸同意讓學校為家祥開設教育專戶，把這筆錢存起來作為家祥的教育基金。經歷這許多事，家祥的爸爸漸漸明白，儘管他希望能自食其力撫養家祥長大，但家祥的人生還有好長的路要走。

其實家祥家的舊公寓，本來就不適合作為資源回收存放的處所，看得出清理過後的房子，讓鄰居覺得很滿意、很安心。往後幾年，家祥與父親過著平靜的日子，靠著父親微薄的退休俸過活。由於慈善團體幫忙整理了房子，並提供明亮的燈光和簡單的書桌，家祥終於可以真正的坐在書桌前讀書。他很珍惜這一切，他運用專戶中的教育基金，開始生平第一次的補習。幾年下來，他沒有讓大家失望，接連考上最好的高中、最好的大學，也如願上了理想的科系。

※　※　※

離開教職很久了，但王老師對家祥一直記掛在心。知道那個靦腆而略帶蒼白的男孩如今已順利成長，而且活得自信、活得健康也活得精采，身為老師，著實替他高興。「家祥，恭喜你，現在生活學業都很順利了，繼續加油！」臨別前，王老師不忘鼓勵家祥。不料，家祥卻紅著眼、很認真的說：「老師，雖然現在的生活很好，但我還是寧願有媽媽！」望著家祥漸行漸遠的背影，王老師的眼眶也泛起了淚，她懂家祥；對母親的依附，始終是一種存在每個人心中最柔軟、最溫暖的印記。於是，王老師拿起手

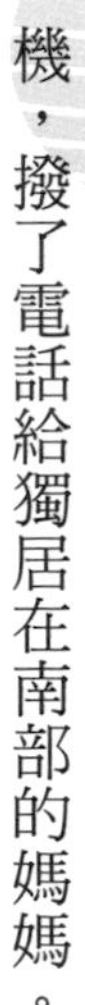

機，撥了電話給獨居在南部的媽媽。

青春・導鈴

不論自己的父母是怎樣的職業、怎樣的個性，但父母對子女的愛，總是無怨無悔的付出；而兒女們對父母的依附，始終是存放在每個人心中最柔軟、最溫暖的印記。生活的富足不在於金錢多寡，而是在內心生活的滿足與快樂；懂得知足與感恩，其實就是最富有的人！

老師，我會好起來

在這個學校裡，每天面對層出不窮的問題和挑戰，
讓我內心不斷吶喊：天啊！快快結束這一年的時間吧！
早點讓我離開這個快把我逼瘋的地方吧！

公車在蜿蜒的山路上匍匐前進，像馬拉松選手氣喘吁吁地慢跑著，深怕它突然停止呼吸。穿越在有如「山中傳奇」一般的隧道間，我不禁看了手錶嘀咕著：「這間學校真是有夠遠的，我都已經打一會兒盹了，竟然還沒到啊！」揉著惺忪的眼睛看著車窗外，發現這山景真是美啊！層層山巒點綴著幾戶人家，蓊鬱的森林孕育著蟲鳴鳥叫的生命力，我驚嘆於大自然的鬼斧神工，也幻想著初為人師、滿懷教育熱誠的自己，在被森林芬多精圍繞的學校裡教書的暢然，更期盼能快快看到那些求知若渴的天使臉孔，聆聽他們朗朗的讀書聲，他們將是我出道的第一批學生啊！當然，內心也不忘暗自竊笑兩聲：「哈哈！教授鐵定不會上山到這個偏遠學校看我實習，光坐車就夠他暈的咧！」

※　　※　　※

「老師，我是林芳，您還記得我嗎？聽說您當了校長，我可以去找您嗎？」收到這封e-mail時，我停頓了好一會兒，「林芳」！我怎麼會忘記呢！那個巴不得她改名叫「零分」的孩子，那群讓我暴跳如雷、嘶吼喊叫的第一批學生中的班長！想到當年那群在偏遠地區苟延殘喘學習的後段班學生，那群破壞我原本幻想天使臉孔的特類學生，那群讓我心疼到熱淚盈眶的孩子……，即使已經離開十多年了，我永遠都不會忘記！

※　　※　　※

「各位同學，大家好！我是你們班的新導師，我叫作……」，當我帶著初生之犢的熱情、堆滿可掬的笑容、用著黃鶯出谷的聲音，準備一展教學長才時，我話沒說完就被教室的景象給嚇愣了，學生吵的吵、講話的講話、坐沒坐相，根本沒人理我。我懷疑自己是否掉進了「異次元世界」，遇到其他星球的「生物」了。這批「生物」個個嘴巴動個不停，還有專用「肢體語言」處理事情的「大ㄟ」、有精神疾患的世雄，當然還有可以將Good morning罰寫三遍成GGGoooooddmmmooorrrnnniiinnnggg的超怪胎林芳。一群學習落後的學生、教學不專業的代課老師、對學生不聞不問的家長，充斥在這個「異次元世界」。

我這個師範體系培育出來的老師，大四在市區學校實習的那一個月所遇到的學生，不是聰明慧黠，就是伶牙俐齒、反應靈敏，上起課來互動熱烈，讓我以為上課不就應該如此嗎？但在這個偏遠的山區學校，我講的英語像是外星話，學生露出呆滯莫名的眼神……，我終於體會何謂城鄉差距！這個差距，不僅是學生落後的素質、家長的社經背景，還有那聘不到正式老師硬找來的代課老師。雖然大部分學生多是單純、善良，但層出不窮的問題和挑戰，讓我內心不斷吶喊：天啊！快快結束這一年的時間吧！早點讓我離開這個快把我逼瘋的地方吧！

「老師，這是我們幫您熬的薑湯，趕快喝！您再不好起來，

老師，我會好起來

我們都快控制不了世雄了。」那天我高燒不退，林芳端著熱騰騰的薑湯到我的宿舍來，我才驚覺我的心和這群孩子早已緊緊相連，不能分離。「他怎麼了？」「他一整天都在發脾氣，一直問其他老師：我們老師呢？老師是不是不要我們了？」聽林芳這麼一說，我一陣鼻酸，開始心疼起這群善良卻少人關照的孩子。

有精神疾病家族史的世雄，父母親都因病自殺身亡，從小由奶奶帶大。記得我去家庭訪問時，是穿過樹叢才看到他那小小的「家」。他家，站在門口就可以一眼望盡，右邊是張缺了一腳的茶几，左邊木床上放著課本，那應該是世雄讀書的地方。床邊還有大約十床善心人士送來的全新棉被，在這個狹小晦暗的空間裡，高大醒目的堆疊著，顯得如此格格不入。世雄智商不高，國中期間，都是林芳在照應著他。畢業後，世雄精神分裂嚴重，不太能認人，住進了醫院。林芳常說：「因為他和我一樣，都有這樣的媽媽，他又那麼笨，不照顧他不行啊！」誰知，多年後，總是在照顧別人的林芳竟也為精神疾患所苦。

※　※　※

「老師，你的學校好遠啊！」「我從早上五點出門，一路摩托車、客運、火車、國光號，到現在八點半才到你學校。」見到林芳，我仔細端詳了她一會兒，我教的第一屆學生該有三十多歲了，一身「極為樸實」的裝扮，臉上有超出她年齡的風霜，看得出來她的生活過得並不寬裕。我們聊了很多以前國中的生活，林芳談起我說過的哪些話對她影響很大，也談了很多小時候她沒有讓我知道的事情。

國中時期的林芳，是一個比一般同學都成熟懂事的孩子，每天的聯絡簿都是她自己簽名，家長日也從未見過她父母的身影。她在學校除了學習方面的問題外，其實行為的表現大致良好，都能自我負責，所以，我也沒有急著要拜訪她家人的需要。對於她的家境狀況，一直沒能問出口，因為，當年的我太年輕還沒有準備好，怕問出一個我無法收拾的情緒，所以我選擇在學校對她好一點，關於家裡的事，我不敢、也沒有能力涉入太深。後來，輾轉得知她母親從事特種行業，所謂的父親就只是個施暴者。當年，爸媽在學校附近租了一間小套房，把林芳和弟弟丟在那，偶爾給點錢，其餘就不聞不問了。林芳訴說著幼年時姊弟生活的艱難、母親的發病與父親的暴力。

「爸爸現在人呢？」多年後的今天，我終於敢問出口。

「死了，三年前因喝酒車禍，當場死亡。」在她的臉上，我看不出任何悲傷的情緒。「死了，我們大家都輕鬆。」「那媽媽人呢？」我問。「持續在和躁鬱症對抗，」她無奈地說，「她從頭到腳有數不清的毛病，我的錢都花在她的醫藥費和滿足她的購買慾上。」接著她跟我說她一個月有多少收入，需要有多少支

出，大部分的錢都花在媽媽的身上。「你很孝順！」我直覺地誇她。「是孝順嗎？我認為是責任吧，我又不能把她丟出去，她是我媽呀！」林芳又表現出她一貫的成熟，對於這個家的責任，她從未打算放棄。

林芳的家庭環境是如此困苦不堪，但她從未逃避且勇於承擔。國中畢業典禮的隔天，我站在校門口看著林芳和其他同學坐上一輛九人座小巴出發去工廠，車後揚起的塵土，揭開了孩子們三年建教合作半工半讀的生活，也彷彿預告了他們混沌不明的未來。不同於其他同學的是，林芳不僅要自給自足，還要拿錢回家。也許是家族遺傳、也許是生活辛苦，憂鬱症後來也纏上了

她。但人生的路無法停止，林芳還是得繼續走下去，就這樣，林芳和病魔纏鬥了近十年。幸運的是，她有病識感，病情還算控制得不錯。

「老師，其實當年我每次聽到同學可以和家人出去玩，我都好羡慕；甚至聽他們說和家人吵架的情形，我都覺得是幸福的！」

雖然當年那群善良、單純、沒有學業壓力、會教我在操場用草當誘餌往洞裡釣蟲的學生，表面上看起來是如此喜歡我、信任我，但當年的我真的太年輕，缺乏人生閱歷，也不懂尋找資源，除了陪他們哭、陪他們笑，完全無法幫他們解決家庭的問題。

「我真的很對不起你，當時沒有多關注你的家庭狀況。」我發自內心地向林芳懺悔。她開朗地說：「老師你已經做很多了，要不然我也不會在這裡和您聊天。」

「老師，對你而言，家人是什麼？」林芳問我。

在我的經驗裡，家人就是生活在一起、可以互相照顧、爭吵後也不會分開、在家人面前不用做作、可以同甘苦共患難……。但對林芳、世雄這樣的家庭而言，他們的「家人」定義又是什麼？是看著家人發病？還是幫忙家人籌措醫藥費？我心疼得無法回答。

「我的家人從來沒有照顧過我，對我和弟弟而言，父母是債主，我們的出生是來還債的。」林芳望著遠處的山，無奈地說。我們沉默了許久，我說：「你做得夠多、夠好了，老天會眷顧你的。」那天聊到很晚，林芳還捨不得離開。

三個月後，林芳打電話給我說媽媽住院了，因為媽媽怪異的行為日趨嚴重，在醫生和她連哄帶騙下住進了療養院。

「老師，我被老闆fire了。」

「為什麼？」

「因為我的憂鬱症又發作了，老闆要我休息。」

「那怎麼辦？」

「沒關係，我看了醫生，老師，我會好起來！因為媽媽出院後，還需要我照顧。」

頓時，我的心又揪結在一起，我不禁哽咽，「林芳，你一定要好起來！」你的孝順、你的勇氣和毅力，你一定要好起來，一定……，一定……！

青春・導鈴

看完林芳的故事，很難不為她掉眼淚，心疼她的遭遇、佩服她的堅強與勇敢。是怎樣的責任感讓她願意一肩扛起這些不該在她年齡出現的重責大任，可以如此不抱怨，可以如此豁達接受，如此為家庭付出？或許如她所言的在還債，但她自己又被憂鬱症纏身。我們能做的，似乎只能對林芬說：加油！

我們沒辦法挑選人生遭遇，也沒辦法選擇人格的本質，只能用我們的本質與遭遇所激出來的火花，慢慢滋長、茁壯。在哪裡碰到障礙，就在哪裡學習、堅強自己，

然後再繼續往前走。

心靈驛站

生命究竟有無意義並非我的責任，

但是怎樣安排此生卻是我的責任。

我要去比賽

他留著一頭金光閃閃的頭髮，
乍看之下目光凶惡、表情冷酷，
再加上二支大過和十九支警告的輝煌紀錄，
三年級導師們一個個像躲避瘟疫一樣的拒絕了小軒……

「老師，我要去比賽！我要去比賽！」小軒躺在醫院的病床上，聲嘶力竭的哭喊。洪老師把小軒緊緊地摟在懷裡，看著小軒因骨折而腫脹的右腳，整顆心糾結在一起，小軒那完美無瑕的飛踢，可能要好長一段時間都無法看到了。

以前除了阿嬤，小軒不會在意任何人、任何事，要不是阿嬤一直堅持要他復學，他一點都不想再回到學校裡，過著天天陪別人讀書的生活。但自從小軒轉到這個學校，一切似乎都不同了。現在除了阿嬤，小軒的生活還有熱愛的國術和教他國術的洪老師。如果不是昨夜的那場意外，小軒現在應該已在全國國術錦標賽的會場。

「阿嬤！歹勢啦，小軒比較特別，我們必須幫他安排一個願意好好照顧他的導師，麻煩你再跑一趟喔。」教務處年輕又缺乏經驗的菜鳥組長，陪著僵硬的笑臉，在小軒的轉入單「導師欄」上一再塗改。這已是小軒今天即將第四度踏進這氣氛詭譎的國三導師辦公室。小軒留著一頭金光閃閃的頭髮，乍看之下目光凶惡、表情冷酷，再加上二支大過和十九支警告的輝煌紀錄，三年級導師們一個個像躲避瘟疫一樣的拒絕了小軒。其實，小軒一點也無所謂，只是心裡不忍自己跛腳的阿嬤，陪他在教務處、導師辦公室上上下下的走了這麼多回。這次不知道這個「三年八班導

※　※　※

師」又會想出什麼理由，打發他回教務處。小軒心裡暗自咒罵，「你們這群膽小怕事又無情的老師，看我以後怎麼整你們！」

三年八班導師一進來，小軒的阿嬤緊緊跟在後面，一面拖著小軒，「緊過來啦！老師來啊。」然後就要一地跪下，洪老師趕緊扶起阿嬤，「老師，拜託你啦。」洪老師抬頭看了阿嬤一眼，然後對小軒說：「我希望一年後你在我的班上畢業！現在，先跟阿嬤去把其他的轉入手續辦完。」接著揮動筆桿，簽下他的名字，就在那一剎那，小軒阿嬤的臉上已爬滿了淚，原以為會再度被拒絕的小軒，整個人腦袋空空呆滯了幾秒。

「洪老師，你真勇敢耶，沒想到你竟然收了他。」洪老師皺

著眉，不想理會同事的風涼話，仔細看著小軒的個人資料：單親、家暴，目前隔代教養，腦海中浮現出小軒阿嬤步出辦公室時一跛一跛的背影，心中開始盤算：未來該如何安排小軒的學習輔導？如何讓小軒喜歡到學校上學？如何幫助他改善偏差的行為？又如何讓他對學習產生興趣與自信？這一連串的問題不斷在洪老師腦中盤旋……

原本打算進入學校後就大鬧一番的小軒，因為轉學那天洪老師的「情義相挺」而暫且作罷。既然洪老師連一句廢話都沒說，就收了小軒，小軒暗自決定先別給他惹麻煩。就這樣師生相安無事好一陣子，沒有交集、也不曾交惡。然而，這對師生心中卻都各自有想法，一個想伺機把學校搞得天翻地覆、一個想把學生導入正軌。

終於機會來了，有一天小軒脖子出現一道勒痕，洪老師上前關心。「老師，你教我國術！」「你想學國術？為什麼？」「我要打死他！沒用的東西，只會回來跟阿嬤要錢，要不到就打人，身材高大就了不起嗎？我要學武功，我要打死他！」

這是小軒第一次願意對洪老師吐露心聲，一個不學無術、只會採取暴力的爸爸，一個被打跑的媽媽，還有一個始終對他不離不棄的跛腳阿嬤。小軒好恨，恨自己有個沒用的爸爸、恨這個支離破碎的家，恨沒人願意對他伸出援手的冷酷社會，更恨學校裡

事事講求「公平」、沒有彈性的老師。他只知道如果他惹得事夠大，就沒有人會注意到他的聯絡簿有沒有簽名、功課有沒有寫、班費有沒有交、服裝是不是整齊……；闖些大禍讓老師忙，這些令他難堪的「小事」就沒人在意了。

「想學可以啊，但一切要聽我的，因為我必須『公平』的對待國術隊裡的每一個同學。」洪老師眼看機不可失，立刻答應。因為，這正是可以改變小軒的契機，儘管小軒習武的動機不對，但洪老師有信心，可以慢慢導正他。

洪老師除了擔任三年八班的導師外，也是學校國術隊的指導老師。中午與放學後，時常可以看見洪老師帶著學生們一起認真

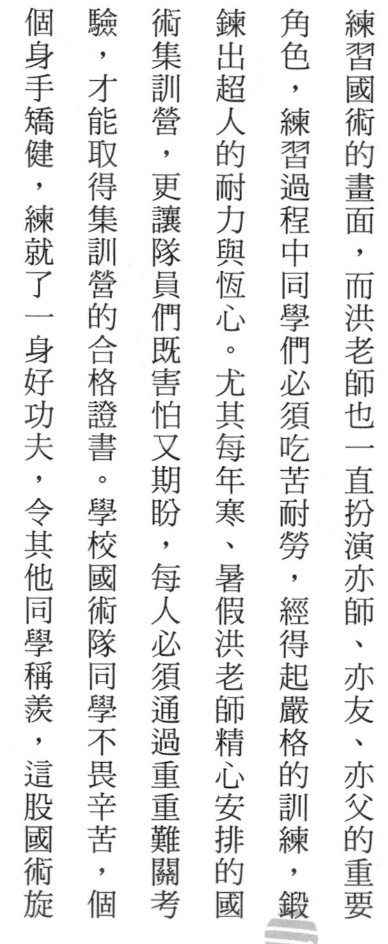

練習國術的畫面，而洪老師也一直扮演亦師、亦友、亦父的重要角色，練習過程中同學們必須吃苦耐勞，經得起嚴格的訓練，鍛鍊出超人的耐力與恆心。尤其每年寒、暑假洪老師精心安排的國術集訓營，更讓隊員們既害怕又期盼，每人必須通過重重難關考驗，才能取得集訓營的合格證書。學校國術隊同學不畏辛苦，個個身手矯健，練就了一身好功夫，令其他同學稱羨，這股國術旋風，自然在校園內滋生蔓延。

在與洪老師及國術隊同學的朝夕相處下，小軒逐漸融入國術隊的學習生活，也和大家培養出深厚的情感。這個環境對小軒發生了潛移默化的效應，原本一頭金色的長髮剪短了，回復到原本的黑髮，當他換上白色的武術服、燈籠褲、束腰帶時，立刻充滿正氣的與大夥兒認真的練習武藝。想打死老爸的習武動機，已在洪老師軟盯細磨、恩威並施的教導下，轉變為以準備參加全國國術錦標賽為目標。這大半年，小軒的午餐費是洪老師繳的、小軒的衣服是洪老師買的、小軒的聯絡簿家長欄和導師欄都是洪老師簽名的，小軒心中渴望的父愛，洪老師滿足了他。但是，洪老師也看出小軒是個不可多得的習武人才，對他的訓練特別嚴苛。

每天小軒必須專心苦練國術，動作不夠標準時，必須忍受老師與學長的嚴格要求；體力不支時，必須利用時間跑操場鍛鍊體能；當大家在一旁休息玩樂時，他更得耐得住寂寞，反覆的練習單調的踢腿與抬腿動作，直到能夠達到老師要求的標準為止。但是小軒一點也不覺得辛苦，在洪老師寬闊的肩膀庇護下，有一種篤定與安心。這段時間以來，苦練國術變成他宣洩不滿情緒的出口，內心的傷口漸漸撫平後，追求全國國術錦標賽冠軍成了小軒更高、更遠的夢想。

要不是昨天小軒那爛醉如泥的父親，又回來要錢；要不是小軒及時踢出右腳，替阿嬤擋下那張自空中砸下的鐵椅，洪老師深信小軒的夢想即將成真。「老師，我要去比賽！我要去比賽！」此時，洪老師只能用他那寬闊的肩膀，緊緊的擁抱小軒，讓他盡情痛哭，讓這個可憐的孩子在一次又一次的傷害中，得到一點點

撫慰。

※　※　※

「接下來的壓軸，是本校榮獲全國國術錦標賽冠軍的賴志軒同學所帶來的表演，請大家掌聲鼓勵！」看著小軒向自己揮手，洪老師用力地鼓動手掌，就像一個以兒子為榮的父親。小軒上了高職後，還是一直跟著洪老師學國術、跟著洪老師學武德、學做人，也跟著洪老師學做人子。小軒漸漸長大、能力強了，對他那個無能父親的恨也少了，反而多了一些同情。國三那年，正準備把自己的人生徹底摧毀的時刻，小軒感謝阿嬤沒有放棄他，感謝洪老師的包容、同理與接納，讓他有重新來過的機會，在小軒心中，洪老師早已不只是老師，也是讓他重生的父親。

皇天不負苦心人，小軒上了高職之後多次代表學校參加國術比賽，屢創佳績，獲選進入該校體育班就讀，讓他得以一展長才。小軒終於走出人生的陰霾，繼續追尋他的國術美夢。「看！那完美的飛踢！」在司儀的驚呼聲中，全場響起了熱烈的掌聲。碧空晴天下，洪老師看見雪白絲綢的武術服在空中閃閃發光，伴隨優美自信的英姿，心中滿是驕傲和感動。

青春・導鈴

人生難免會遇到困境，幸好小軒遇到洪老師與阿嬤兩位「貴人」。雖然有貴人相助、有機會扭轉劣勢，但若是小軒自己無法經得起嚴苛訓練、耐得住寂寞，反反覆覆的練習，懂得吃苦耐勞，他可能在國三那年，就將人生徹底摧毀了。獲得熱烈掌聲的背後，是一連串辛苦與堅持的過程，唯有切身經歷，才能品嘗甜美果實！

心靈驛站

有什麼樣的觀念，就導致什麼樣的行爲；
有什麼樣的行爲，就導致什麼樣的習慣；
有什麼樣的習慣，就導致什麼樣的性格；
有什麼樣的性格，就造成什麼樣的命運。

十年的約定

老師跟媽媽達成一個協議，他們決定暫時不要打草驚蛇，先暗地觀察我把錢花在哪裡。經過一段時間後，老師發現我的錢幾乎都花在打情色電話上……

在某個秋高氣爽的午后，我鼓起勇氣打了這通電話：「請問是陳老師嗎？」

「您好，我就是。」對方傳來成熟且略帶疑惑的聲音。

我不由自主地加大音量：「老師，我想見您！」

「請問有事嗎？」對方輕聲問。

「老師，我是伯安啦！您還記得嗎？」

老師驚訝地回答：「當然記得！」

頃刻間，透過聽筒的時空蟲洞，當年那個臉龐消瘦、總是一副什麼都不在乎的我，又鮮明地出現了，塵封在大腦箱底的回憶與思緒頓時如浪潮澎湃，彷彿昨日重現。

陳老師是我國中導師，當時的我是一個話不多，也不喜歡跟其他同學來往的人，若從外表判斷，大概會有很多老師覺得我是個難相處的怪小孩。

※　※　※

回想當年，陳老師第一次對我有深刻的印象，應該是開學後某天中午的用餐時間。老師曾對班上說：「每位同學都必須吃午餐，而且不可以偏食。」可是當天我的桌上並沒有出現便當，我的午餐是早餐吃剩的三明治。老師好意前來關心，我卻表現出「自己有沒有吃午餐，關老師什麼事！」的態度。老師氣得立刻指責我，當下我一句話也沒回，但眼淚已順著臉頰滴到桌面。為

了不讓班上的氣氛太僵，老師請我用餐時間結束後到辦公室找他。

我始終記得踏進老師辦公室的忐忑與不安，我躡手躡腳地走到老師身邊，輕輕地問：「老師，中午的事，能不能不要跟媽媽說？」

老師沒回答我的問題，只跟我說：「你去坐在那張小桌子旁，把我剛剛買的便當吃完，再回教室午休。要記得以後一定要吃午餐，知道嗎？」

聽完老師的話，我有些感動，但也有些不安。

「老師，我知道了，可是我沒有錢給您。」

「這便當是老師請你的，放心吃吧！」

老師站在我身旁，看著我狼吞虎嚥地把便當一掃而空。我猜想，老師心中應該充滿了許多問號吧！

當天下午，老師查詢我國小的資料，發現父母的婚姻狀況是分居，我目前跟媽媽還有外婆同住。老師立刻打電話給我媽媽，媽媽平日在公司擔任會計工作，假日則忙著參加志工活動，偶爾還會帶我一起去。在媽媽眼中的我，一直是個貼心乖順的小孩，所以當老師委婉地告訴媽媽中午發生的事時，媽媽驚訝地回答：「我每天都有給伯安吃飯的錢，他不可能沒有錢啊！」於是老師跟媽媽達成一個協議，他們決定暫時不要打草驚蛇，先暗地觀察

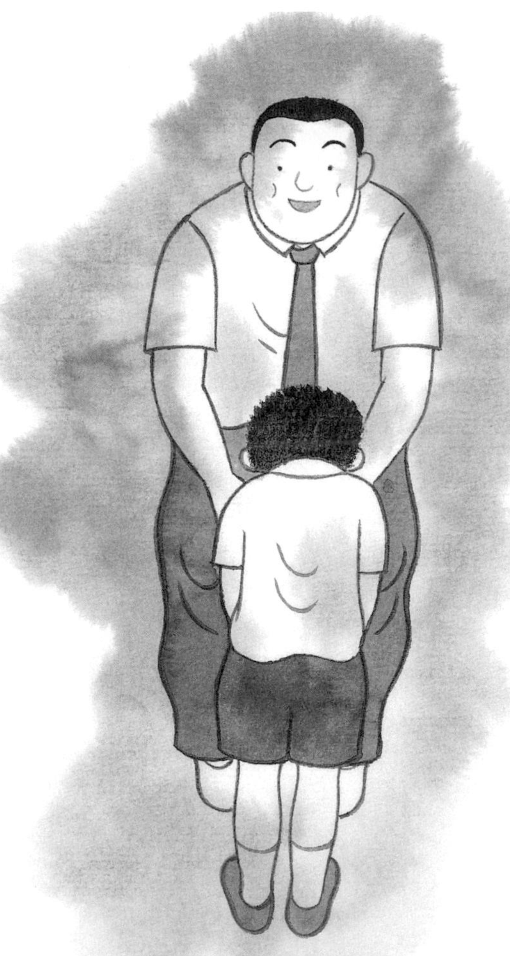

我把錢花在哪裡。

經過一段時間後，老師發現我的錢幾乎都花在打情色電話上，因為我都是利用公共電話，所以家人才未察覺異狀。老師把這個情況告訴媽媽：「青春期的男孩對性別問題會比較好奇，不過透過這種管道，絕對是不好的。」於是，老師私下找我晤談多次，更請學校輔導老師協助幫忙。

某次我鼓起勇氣告訴老師：「我沒有朋友，在家裡沒人管我，班上同學好像也不喜歡我，我希望有人陪我說話。我打情色電話的時候，我覺得對方很喜歡跟我聊天，讓我有被重視的感覺。」頓時，老師發現我打電話不全然為了情色，而是我沒有談心的對象，我其實是個沒有自信的小孩。

我在學校的功課並不好，該完成的作業也常常丟三落四，但是被分派打掃工作時卻很認真。升上國中二年級的我，外表看起來比其他男同學瘦小，個性仍然安靜木訥。或許是因為自卑的心理，我與班上同學的感情並不深厚，下課時間我常獨自一人趴在走廊的欄杆上，兩眼盯著遠方，若有所思。老師為了讓我在班上有朋友，私下安排「小天使」，請他們跟我一起玩和聊天。但是，同學做了後對老師的回覆總是：「伯安喜歡獨處。伯安的生活中好像有什麼不想讓別人知道的祕密。」

果不其然，我開始曠課，就連家人也不知道我去哪裡，只知道有一群年紀較大的朋友會來家裡約我出去。媽媽因為工作繁忙，無暇管我，外婆也已年紀老邁，管不動我。每當曠課後再度返校，我總答應老師絕不再犯，但是我卻無法履行自己的承諾，曠課的狀況日趨嚴重。直到下學期開學初，老師接到外婆的電話：「伯安因為竊盜案被判刑，要進少年觀護所接受管束。」於是，我在班上幾乎消失了一整個學期。

從少年觀護所出來再次回到校園的我，已經是個國三學生了。臉龐依舊清瘦，卻增添了青少年臉上不該有的滄桑，在依然瘦小的身軀裡，有著不搭調的孤僻性格。老師藉著我不在班上的時間，請班上同學多給我一份愛與關懷，甚至請當年安排的「小天使」更用心地陪伴我；沒想到這個可愛的班級真的照做，沒有排斥我。或許經歷管束生活的成長，讓我開始珍惜同學的關心，願意慢慢打開心扉面對大家，漸漸地在班上可以看見我與同學相處時的笑容。老師看到以往下課後總是當個獨行俠、急忙離校的我，竟然會約同學一起走路回家，知道我的心真的回來了。

雖然學校是個友善的環境，但在現行的體制下，我知道自己可能無法領到畢業證書，不過想到曾犯的過錯，所以並沒有怨言。只有老師知道我這個內心脆弱的小孩，需要更多的肯定與支持，而不是否定與限制。

很快地國中生活進入尾聲了，畢業典禮結束後，老師帶同學們回到班上，請同學們逐一上台來，接受老師親手頒發的畢業證書，並對每位同學說一句鼓勵的話。整個過程我始終低著頭，失落的心情難以掩飾，當證書頒發到只剩下我一個人時，忽然氣氛不再歡樂，空氣中凝滯著一股沉重與尷尬。沒想到，老師念了我的名字，請我到台前來，我在座位上搖搖手表示不想上來，老師又再一次加大音量請我上台，我仍然低頭不動。

老師注視著我，緩緩地對全班說：「一個人短暫的失敗，並不代表人生不會成功。相對的，一個成功的人，往往是因為他經歷了無數次的失敗，並且能勇敢克服。」

「今天老師要頒發一張必須履行約定的畢業證書給伯安同學，請大家掌聲鼓勵。」

或許沒有人預期我也能拿到畢業證書，頓時全班同學爆以熱烈的掌聲，迴響許久。我從老師手上接過畢業證書時，眼眶早已泛著淚水，面對同學熱烈的掌聲，深深地鞠躬。

「老師，我要履行什麼約定？」我轉身問老師。

老師回答：「你一定要加油，等你未來成功後，記得回來看老師！」

我以堅定的眼神回覆老師：我一定會努力！

※　※　※

十年的時間不算短，一通電話似乎讓老師的思緒經歷一場時空旅行。

「老師，我現在要來履行約定了。」我在電話裡充滿信心地說，「不過，您不在原本的學校了，我找您找好久呢！……您何時有空？我要去找您喔！」

一次段考的下午，我出現在老師面前。正確地說，我帶了一大群同學來找老師。見到十年前畢業的學生個個英姿挺拔、精神煥發，老師開心極了。聊天時，老師逐一聆聽每位同學的近況，輪到我時，我告訴老師：「我畢業後就讀私立高職美工科夜間部，半工半讀真的很辛苦，但我不敢忘記約定，現在我已經是某知名銀行廣告企畫部的正職員工，未來我希望可以成為一位室內裝潢設計師。」說完，我站了起來，手上拿著一份大紙袋，從紙袋裡拿出一幅裱好框的照片。

「哇，這照片拍得真好！」老師驚訝地說。

「老師，這幅作品是我拍的，我特地拿來送給您。」

「請您翻到背面看看。」

老師注意到這是一件國際攝影比賽得獎的作品，說：「這麼重要的作品，你應該自己保存，老師怎能奪愛呢？」

我笑著回答：「老師，未來我還會有更多的作品，但第一件得獎的作品我一定要送給您！」

霎時，老師和我眼神交流，彼此的心中都充滿感動，我想老師知道我要說的話：我做到了！

青春・導鈴

「人性本善」，世上沒有壞孩子，只有被漠視與被放棄的孩子！很多教育工作雖然無法立竿見影，但是只要老師用心付出，學生眞心體會，假以時日，學生就會如鏡子般，反映出老師曾經努力的點點滴滴。或許師生的約定要超過十年以上的時間才可以達成，但我堅信，努力一定會有美好的結局。

芝麻開門！

大家都以為小美很愛看報紙，老師就請送報紙的工友伯伯每天一早就直接把報紙放在小美的桌上。可是，在小美心中卻一直有個不敢說的祕密……

「小美得獎了！小美得獎了！演說縣賽第一名，不容易啊！」在全校人數未滿百人的偏遠小學，這可是一件驚天動地的大事。校長找來全校同學列隊歡迎，還在校門口掛起長長的鞭炮，待小美一踏進校門，立刻響起劈里啪啦的鞭炮聲，洋溢著一片喜慶。這已是小美這學期第二次得獎，上回的作文比賽，她也抱了縣賽冠軍的獎盃回來。雖然這排列在校門口誇張的陣仗，讓小美感到有些不安，但小美很珍惜這得來不易的成果。

※　※　※

「芝麻開門！芝麻開門！」童話故事裡，阿里巴巴來到藏有寶藏的洞口，喊出通關密語，他的人生從此就不一樣了；在小美幼小的心靈中，總殷殷期盼，有一天那個改變她人生的通關密語能夠出現。

剛上小學時，每天報紙一送到教室，小美就會衝向教室門口，第一個搶到報紙，翻找到報紙最底端小亨利的四格漫畫，看完後才心滿意足的放下。不知從什麼時候開始，這種搶看報紙的興奮，如影隨形的跟著年僅小一，矮不愣登的小美。其實這個到現在為止附近都還沒有便利商店的偏遠小學，在三十年前根本沒有人會跟小美搶報紙，因為沒有同學想看，更貼切的說應該是沒有同學看得懂。

久而久之，大家都以為小美很愛看報紙，老師索性就請送報

紙的工友伯伯，每天一早就直接把報紙放在小美的桌上。小美每天最大的快樂，除了和同學在田野奔跑、玩耍外，看小亨利的糗事則帶給她另一種不一樣的樂趣。可是，在小美心中卻一直有個不敢說的祕密，那就是，小美只看得懂報紙裡的圖畫，至於文字——她一點也看不懂。

「老師，看過的報紙可以讓我帶回家嗎？」小美家裡務農，報紙拿來包覆在水果的外表，正可防止蟲子叮咬，「好啊，這些報紙你放學可以帶回家，讓爸爸媽媽教你看，物盡其用嘛！」都市來的老師心裡想的果真和小美很不一樣。這個村莊裡的父母幾乎都不識字，當然也包括小美的父母，但他們很高興小美把報紙帶回家，因為拿報紙來包水果，還真的很好用。就這樣，被誤解為愛看報紙的小美，很快就度過了一年級上學期的時光，那個存在心中的小祕密也不再那麼困擾小美。

小一下學期發生了一件事，讓小美心中的祕密再也藏不住。「各位同學，贈送我們報紙的單位，想要了解一下大家讀報的情況，所以學校計畫舉辦一次讀報比賽，老師已經決定，我們班就由小美參加。」「我？」小美就像遭到晴天霹靂，她覺得前一秒還看似和藹可親的老師，這一刻彷彿成了齜牙咧嘴的大怪獸，小美完全聽不見老師的聲音，只見那塗滿口紅的嘴唇不斷開合，一口、一口彷彿要把小美吞下，小美知道再也隱瞞不住了。

「什麼？你看不懂報紙？」小美的老師急了。「那你每天把報紙帶回家是……？」「包水果。」「嗯？……好吧！那你已經學了一個學期的注音符號，你總會拼音吧？」小美心虛的點點頭。「一點點。」「那好，我們慢慢來，老師一句、一句的教你讀。」接下來的一個星期，每天放學後，當同學都到外頭玩遊戲時，小美就乖乖的坐在講桌前用剛學會的注音符號，逐字逐句地把小亨利的旁白拼出來，看完、笑完小亨利漫畫後，再繼續練習拼注音符號，朗讀報紙。比賽結束，小美當然沒有得名，還是站在禮堂的講台上結結巴巴，花了好大的工夫才把一篇短文讀完。

這次的打擊，並沒有讓小美沮喪，相反的她很開心，除了小亨利漫畫外，現在她終於「看懂」報紙上的字了。她每天依舊帶報紙回家，主要的目的仍是包水果，但她再也不用擔心心裡有什麼祕密會被揭穿。不久後，小美發現自己認識的字越來越多，寫功課的速度越來越快，考試分數也越來越高，領回家的獎狀貼滿客廳的牆壁，剛好用來遮住斑駁剝落的油漆，小美開心，父母也開心。

五年級時，小美得到她這一生最珍貴的禮物。打開精美的包裝，「哇！是一本全新的故事書耶！」《阿里巴巴與四十大盜》，精裝大字版，這是三十年前鄉下偏遠小學的圖書館裡不可能出現的東西。這位從都市來的新老師，開啟了小美的視野，原

來書可以美到這般令人愛不釋手。小美反覆翻閱這本因考了全班第一名而得來的禮物。主角的好運氣令小美羨慕，總希望自己也能擁有這樣的奇遇。小美看了阿里巴巴的故事後一直想：我的人生寶藏在哪裡？我能不能像阿里巴巴一樣很順利的找到通關密語，找到改變人生的寶藏？對一個貧窮的鄉下孩子來說，「未來」真的很遙遠、很模糊，二十年後、三十年後，長大以後的我是不是得和父母一樣困在山裡，過著為生活打拼、為填飽肚子而努力的日子？小美真的好希望可以開創一個不一樣的人生。

五年級起，老師開始訓練小美朗讀和演講的技巧，也安排小美參加大大小小的校內、校外比賽。有一次比賽前，老師要小美把她已經讀得滾瓜爛熟的故事《阿里巴巴與四十大盜》說給全校同學聽，小美在司令台上邊說邊演，不僅同學專注，就連老師也聽得入神。而在小美高喊「芝麻開門！芝麻開門！」時，台下響起了熱烈的掌聲，當小美與那個都市來的老師四目交會，小美看到老師驕傲、激動與閃著淚光的眼睛。她在心中暗自告訴自己：「小美，你已找到你的通關密語了。芝麻開門！我所擁有的寶藏就是老師。」

小美的小學生涯在劈里啪啦的鞭炮聲，和成堆成疊的獎盃、獎狀中，風光的結束了。很幸運的，國中、高中的求學過程，小美一路上都出現引領她去尋寶的貴人。只要她喊「老師！」就好像阿里巴巴喊「芝麻開門！」一樣，寶藏就會在身邊出現。老師不僅讓小美長了知識，也開了「心眼」和「視野」。多年後小美考上師範大學，成了村子裡第一個大學生，小美果真開創了一個與父母不同的人生。如今，她更在意的是如何帶著學生一起去尋寶。

※　※　※

這天是個重要的日子，小美即將初任校長，她特地邀請那位都市來的小學老師來到交接典禮的會場。四十多歲的小美，雖已是一校之長，但看到自己的老師時，仍生孺慕之情，感動得想哭。小美的就職演說，細數三十多年來，因著老師的教導，如何引領她逐夢踏實，勇敢追求不一樣的人生。多年後當她高喊「芝麻開門！芝麻開門！願為學生開啟人生的寶藏之門！」時，小美與老師的眼神再度四目相會、交織著淚光，時間彷彿又回到三十多年前……

青春・導鈴

求學的路上，每個人都會有挫敗的時候，此時我們需要同儕或是老師的鼓勵，讓我們有面對挫敗的勇氣，以及繼續向前的動力。文中的小美，雖然幸運地遇到她的貴人——老師，但是她自己也是歷經長時間努力的練習、拿出不被挫敗所擊倒的鬥志，才能擁有通關密語「芝麻開門！」，也爲自己開創一個不同的人生。你已準備好你的通關密語去敲人生的寶藏之門了嗎？

惡魔在身邊

在全班同學熱烈的掌聲中，她噙著淚水，心想：

「醫生說的對，我沒有病，小惡魔會慢慢消失。」

「你……你……你們再笑……笑我……我就……就告訴老『書』」，當琇琇氣急敗壞地說完後，圍在旁邊的同學立刻又笑成一團。「哈哈哈！老書、老書」，琇琇恨得追打那些臭男生，其實她心裡也清楚，同學並沒有惡意，但明明可以很流利說出的話語，只要她一緊張，喉嚨卻像被「黑道」給堵住般，不是「卡卡」的大舌頭，就是發音不準，常引得全班哄堂大笑，甚至成為同學們課後模仿、嘲弄的笑柄。琇琇不解，在這最敏感的學齡時期，為何「大舌頭」要找她做朋友？「自怨自艾」讓琇琇不敢輕易開口，「沉默不語」更成為她與同學間最好的防禦武器。

「媽，我回來了！」「手緊去洗一洗，好呷飯。」看著媽媽一天農忙下來，黝黑的臉龐還夾著汗珠，琇琇心一酸，實在不忍向媽媽抱怨今天在學校又被同學取笑的事，她知道抱怨了也沒用，一個純樸的農婦實在也無法幫自己什麼忙。去向老師告狀？還是去班上罵人？這些都不是

媽媽會做的事，但滿腹的委屈，實在不知如何是好。琇琇從媽媽布滿厚繭的手接過飯碗時，眼淚不禁簌簌地流下來，「媽，您帶我去看醫生好不好，我不要有大舌頭！」琇琇哭著說。

「醫生啊！阮阿琇這大舌甘瞴藥醫？」媽媽陪著琇琇，期待醫生打個針、吃個藥，甚至動個手術，就可以解決惱人的口吃問題，跟治療感冒一樣。可是，醫生對琇琇說：「琇琇，你沒有病，只不過有一個小惡魔跟在你身邊，你緊張的時候，它就會跑出來搗亂。你要做的就是跟小惡魔對抗，只要你每次都打贏它，它就會慢慢地從你身邊消失喔！」琇琇知道這個小惡魔叫作「口吃」。

被醫生判定「沒病」的琇琇心裡很清楚，要治好這個「病」，只有靠自己。可是青春期的她非常在意別人的眼光，所以她選擇減少與人接觸交談，以避免出糗。上課時就當一個默不出聲的乖乖牌，縮躲在座位上；若是倒楣被老師叫起來回答問題，她不是小聲如貓叫，就是沉默地罰站在那兒。私底下，琇琇自己試著用朗讀課文、跟著新聞主播念稿、私下問老師問題等方式，一次、二次、三次地不斷嘗試，她知道老師不會取笑她，但如果不克服這個「小惡魔——口吃」，它會一直跟在身邊纏著不放，這永遠會是她的罩門。

「啊！上了師……師……師大，我……我要當老……老師了……」，雖然經過多年的苦練，琇琇的大舌頭和發音已改善許多，但一看到大學聯考的榜單，不禁緊張起來，心中的小惡魔又冒了出來。「老師」絕不是自己志願的選項，之前她甚至還將師大填到中興大學後面，但老天給她開了一個天大的玩笑！「我怎麼有辦法站上講台像那些老師般順暢的教學呢？」「重考？轉校？」這兩個念頭縈繞在琇琇的腦海，但在父親的權威下，她決定勇敢地面對自己心中的「小惡魔」，考驗自己，為尋求生命的出口，努力的蛻變成長。

大學四年，琇琇與同學建立感情，一起討論功課、交換筆記，每一次的報告或實作之前，先藉由錄音試聽，再不斷地修正

演練。她知道自己必須比別人更用功，花更多的時間準備，才有可能表現得和別人一樣。隨著一次一次的吃螺絲，一次一次的練習且熟悉教材，終於在要求「正音」的師培學府中，安全過關了。老師的讚許，也給了琇琇很大的動力。在一次代表小組上台報告後，琇琇得到全班同學熱烈的掌聲。她噙著淚水心想：「醫生說的對，我沒有病，小惡魔會慢慢消失。」

※　※　※

「琇琇校長，您今天的演講好精采，讓我受益良多！」看著陳老師熱烈的回應，琇琇覺得聽眾的回饋就是自己最大的成就感。琇琇有感於自己在大學以前的那段青春歲月都被自卑、怯縮的內心障礙所遮蔽了，因此希望用自己的生命故事，協助那些和自己面對一樣困境的孩子。她進入各個校園，和同學演講分享「如何儘早改進自己的缺點，開展潛能」。她想告訴孩子，當身邊出現惡魔時，不要害怕面對，「努力」會讓惡魔消失，「信心」會讓自己找到目標方向，每個人都會有機會尋找到適合自己的生命出口。

青春・導鈴

其實「危機就是轉機」、「每個生命都會找到出口的」，琇琇從一個不敢上台、沒勇氣發問的小孩，到一個可以在各校園演講分享的校長，在那當下，改變與適應是必須的，透過看到自己的缺點，接納自己的一切，才能根據現況尋求可以改變的契機與方法。尋找同儕的資源與支持、擬定上課學習的方法、給自己練習的機會與目標、願意主動尋求協助等，這些種種努力才能突破障礙和困境，成就今日的琇琇。所以說，「生命」是無限寬廣的，只要有心便可尋得想要的方向，即便是一個大缺點，努力過後也可能成爲他人所誇讚的優點。

黑馬

綠衣加身的榮譽對資優生來說，如魚得水，游刃有餘；
但對於高中聯考走了狗屎運的「黑馬倩」來說，
如老牛拖車，如履薄冰……

當發抖的手在報紙上密密麻麻的大學聯考錄取榜單上蒐尋自己的名字，最後竟是在榜單的末端「文化英語系」看到熟悉的「張雨倩」三個字時，雨倩終於按捺不住內心的失落，嚎啕大哭。想到當年綠衣加身時，父母盡是驕傲的眼神，還有老師冊封為「黑馬」的驚呼聲……高中三年來每天戰戰兢兢的與眾多高手辛苦過招的日子，卻敗在最重要的大學聯考！此時，除了潰堤的眼淚外，任何的安慰都無法紓解她內心的悲痛，她摀在棉被裡，盡情地發洩這六年來背負著「明星」的壓力！

※　※　※

「張雨倩99分。怎麼這麼粗心？差點就滿分了！」說時遲那時快，老師的長條鞭已重重落在雨倩纖細的手掌。回到座位上，雨倩接過同學遞來的薑片，在紅腫的掌心上慢慢的搓揉，來減輕疼痛。在這聚集全校菁英的明星升學班裡，考試、分數和鞭子就像明星升學班的三大法寶，如影隨行。同學之間爾虞我詐地追逐高分，老師靠著鞭子拉近與學生的距離。雨倩不喜歡這個班，因為每個同學幾乎都是厲害的角色，尤其是那四大金釵，更是光芒耀眼。其中的馬永芬，大家都叫她「馬糞」，總是一派輕鬆、瀟灑率性，看似前晚沒看什麼書，卻總是名列前茅；高䠷美麗的席娜更是隔壁男生班的夢中情人，不僅人長得漂亮，還常奪得班上第一名，讓人又嫉又羨。

雨倩知道在這班級裡，自己相對地平凡，不管怎麼努力，也只能排在十多名。模擬考過後，老師估量她的水準頂多落在第四或第五志願而已，可是又期待能藉由鞭子更上層樓。對雨倩來說，其實只要能上公立就好。她知道家裡的經濟狀況不允許她讀私立，如果上了私立，勢必得像二姊一樣，晚上讀書、白天到工廠做女工。「我不要當女工！」雨倩內心吶喊著，「害怕被送去當女工」的念頭也常督促著雨倩需挑燈夜戰，克服自己那不夠聰明的頭腦，用「勤」來補「拙」。

「北一女？」「真的嗎？」雨倩要馬糞捏一下自己的臉頰，確認自己竟然能和班上的四大金釵同列在高中聯考北一女的榜單

中，這如同黑馬脫韁奔馳的成績，不僅雨倩不敢置信，連班導的眼鏡都碎了滿地，爸媽更是驕傲地在親友間到處炫耀。

雨倩的爸爸是在工廠上三班制的工人，媽媽是裁縫女工。媽媽在傳統重男輕女的情況下，為掙得婆家的認同，愚蠢的連生了五個女兒後，才不得不放棄生兒子的念頭。低學歷的爸媽在四〇、五〇年代要養活五個孩子，只能拚命地加班掙錢；因此當雨倩考上北一女後，簡直成了轟動整個家族的大事，不僅雨倩的媽可以大聲的說「我生的女兒不輸男生！」，雨倩還得到爸爸一份大禮——溫柔的微笑。雨倩的爸爸為養活家裡五個被認為「賠錢貨」的女兒，沒日沒夜的工作，平時難能說得上幾句話，而爸爸犀利又嚴肅的眼神，更讓雨倩總與他保持安全距離。因此，這「溫柔的微笑」對雨倩來說真是彌足珍貴，但也為了回報這抹珍貴的微笑，使得好不容易才從升學班的緊箍咒中掙脫出來的雨倩，又踏上了原本不應屬於她的明星學校夢魘。

綠衣加身的榮譽對資優生來說，如魚得水，游刃有餘；但對於高中聯考走了狗屎運的「黑馬倩」來說，如老牛拖車，如履薄冰。在這個充滿天才明星的學校，雨倩更顯得平庸而毫不起眼，不僅音樂課的「豆芽菜」全不認得，體育課籃球、排球、游泳補考的名單中也總有她的名字，甚至連家政課的作品都得靠媽媽代勞才有辦法過關。雨倩恨以前在國中時，這些課不是被混掉，就是被配掉了。為了成績，她讓自己像背書機器般不斷地與分數奮戰，還要分神去應付藝能科的種種考驗，可是每當想到爸爸那抹「溫柔的微笑」，使她不由得更嚴格的鞭策自己咬牙苦撐。

距離大學聯考只剩一個月了，躺在醫院打點滴的雨倩，虛弱得看著焦慮的爸媽，只能用眼淚向老天抗議，這是近一個月來第四次被送到急診室了！暈眩外加角膜炎，讓雨倩就算想要重當一次「黑馬」，都覺得力不從心，雖然心裡明白這是因讀書壓力太大而引發，但卻不知如何釋放自己被高度期待的壓力，只能任由身體不堪負荷後，一而再地被送往醫院，讓針筒和點滴來暫時舒緩內心的不安！

「大考前生病，所以才會失常啊！妳一直都是我心裡的乖嬰仔，不曾帶給我煩惱。人生總會有失常的時候，妳老爸借了十萬元準備要讓妳去補習重考。」媽媽到床前對已哭得滿臉淚水的雨倩說。聽到這些話，雨倩就像在深淵看到了一道曙光。面對「大學聯考失敗」的事實，雨倩有如一隻戰敗的鬥雞，垂頭喪氣，手足無措，而今媽媽的一席話又激起她奮鬥的信念，決定重新出發。「只准成功、不准失敗」，雨倩站在南陽街矗立的招牌下，心裡吶喊著！「爸爸溫柔的微笑」、「借來的十萬元」成了她在補習班夙夜匪懈奮戰的動力。

補習班裡，有仍在療傷的「天涯落榜人」、有一起革命聯考的同學，也有好奇、仰慕雨倩來自「明星學校光環」的男同學，更有視她為明年補習班紅榜單招生利器的班導師；在這個環境，有的是一起讀書的團體動力，而不是爾虞我詐的心機。「聯考失利」對雨倩來說，反而是增加了難得的「補習班經驗」。她成為補習班模擬考的常勝軍，獎勵紅包領到手痠。她開始覺得自己並不平庸，在這裡她像個明星般備受寵愛。看到補習班導師引以為傲的眼神，令她想起爸爸「溫柔的微笑」，這比她六年來讀國中「明星升學班」、高中「明星學校」還要有自信，是求學路上讀得最快樂的一年，而這竟然發生在「重考班」裡！

她發現，原來成就感可以激發一個人的自信，自信可以讓人快樂，快樂可以讓人「享受」讀書考試的樂趣。「聯考的失利」對雨倩來說，不是人生重大的失敗，反而是一個人生重大的轉折；她努力享受著在別人眼中「失敗的一年」。當她和三五個補習班好友中午一起吃飯，在人潮熙攘的南陽街，仰望著天空，雨倩踏出肯定的腳步，她心裡清楚明年的大學聯考，她不會再當「黑馬」了！

※　※　※

「校長好！」、「校長早安！」雨倩站在校門口迎接每個送上笑靨的孩子，迎著晨曦，生活中充滿著喜悅與希望，她正做著自己最喜歡的教育工作。大學聯考重考後，她獨排眾議捨棄台大法律系選擇就讀師範大學，她不想再被「台大」明星學校的光環套住，她要做自己，她要追逐自己的理想——當一個老師。她想要給每個孩子自信，那怕他是平凡的；給曾經失敗的孩子一雙溫暖的手，鼓勵他要勇敢的逐夢踏實，不需要去當「黑馬」。

青春・導鈴

在明星的光環或親人師長的期待下過生活，而不是做自己喜歡的事，那是不快樂的。雨倩發現「原來成就感可以激發一個人的自信，自信可以讓人快樂，快樂可以讓人『享受』讀書考試的樂趣。」生活就應該是如此的享受美好時光。讀書，應該是一件快樂的事情；考試的分數高低，不應削弱你對讀書這件事的熱情。心中有清楚的目標，符合自己所需，而不是被光環禁錮，你也可以像雨倩一樣築夢踏實！

「恩典牌」口琴

有一天下午，同學們都離開教室後，

阿豪乘機偷走隔壁同學的參考書。

他以為沒有人會知道，

但下一堂課，老師就叫阿豪回家請父母到學校來。

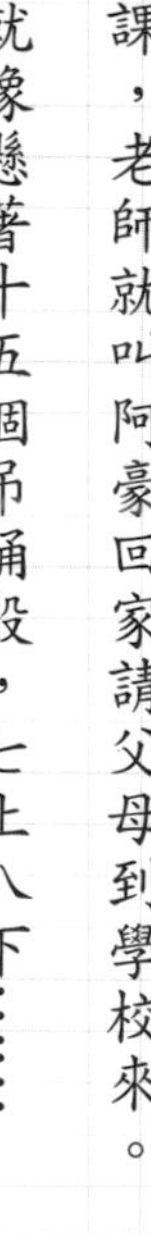

阿豪的心就像懸著十五個吊桶般，七上八下……

回憶起自己年少時的求學時光，阿豪總覺得那是一段被灰雲籠罩，陰霾又帶著一股酸澀氣味的日子。

阿豪從小就很害羞，念幼稚園的時候，面對老師的提問，他總是面紅耳赤，緊張得不敢開口說話。有一次老師點名要他回答一個非常簡單的問題，他講不出話來，結果就被老師罰站。還有一次在家門口玩耍，遠遠看到老師走來的身影，他馬上嚇得一溜煙的跑掉了。在阿豪記憶中，幼時的自己就像個躲在暗處的小小身影，總是那麼的怯懦、畏縮。

念小學時，阿豪看到同學放學後，都會帶零用錢到學校後面的柑仔店買酸梅、王子麵吃，或是買尪仔標、抽籤來玩，讓他非常

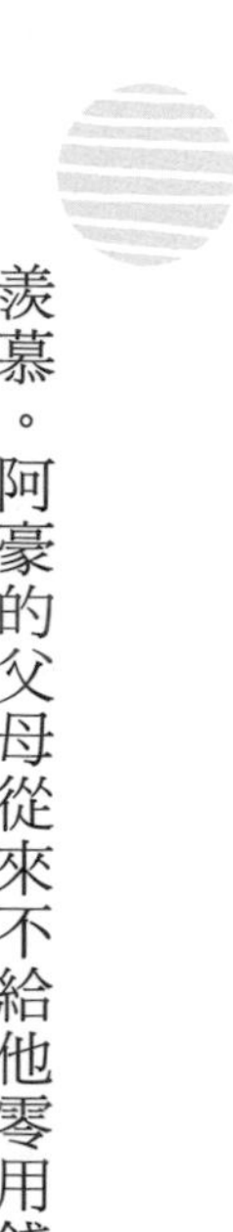

羨慕。阿豪的父母從來不給他零用錢，他忍不住就悄悄「拿」了媽媽的錢去花用。有一天父親翻出他書包裡的零錢，立刻狠狠地把他修理了一頓。從此以後，每天上學前父親都會先檢查阿豪的書包，而且再三告誡他：有「需要」的東西，父母一定會給錢購買；但如果只是「想要」的東西，就要好好考慮了。漸漸的，阿豪也了解用錢的正確觀念和態度。後來，他發現身上沒錢，可避免遭到同學索錢、要脅的事，反而省了麻煩。

記得在小學二年級的某天下午，同學們都離開教室後，阿豪乘機偷走隔壁同學的參考書。他以為沒有人會知道，但下一堂課，老師就叫阿豪回家請父母到學校來。那天的晚餐時間，阿豪

黑松
王子麵

覺得好難受，爸媽雖沒有逼問，但他滿心的忐忑不安，最後還是在就寢前全盤托出。隔天，爸媽到學校找老師談話。阿豪的心就像懸著十五個吊桶般，七上八下，不知會面臨什麼處置。沒想到，父親和老師都表示願意原諒他這一次。受到這次教訓，他才發現遭到「良心的譴責」真是一件不好受的事，也深深感謝老師和父母給他重新改過的機會。

小學四年級，班上有一位姓丁的同學，因母親過世，跟著父親過清苦的日子。他本來是阿豪的好朋友，但阿豪常常亂講話，故意在言語上刺激他，說他是「後母的孩子」，結果這個同學竟拿了小刀跟阿豪打起來。隔天，爸媽又被請到學校來溝通。經過這個事件，阿豪才了解言詞對人的殺傷力有多麼強，也學到「謹言慎行」的道理。

國中時，阿豪因學科成績還不錯，被分到能力編班的二班，從此展開「魔鬼訓練」的日子。在這個競爭激烈，凡事都用成績來評鑑的環境中，阿豪的心情也跟著分數高低而起起落落。在國二時的一次月考，阿豪沒考好，他怕被父母責罵，就偷偷塗改了成績單，沒想到瞞不過父親，又被狠狠的修理了一頓。自認為已經「不是小孩子」的阿豪，覺得非常羞愧，原來自己在無意中還是會犯錯。

剛進入國中就讀的一天，國文老師要阿豪下課時去辦公室單

獨談話，原來是關心阿豪的家庭經濟狀況。阿豪的父母是教會的牧師和師母，由於收入不多，他們還需兼做一些手工才能維持家境。每天中午吃便當的時候，阿豪也不敢讓同學看到便當裡貧乏的菜色。國文老師對阿豪表示，願意幫助他，提供三年免費的補習。阿豪心裡非常感動，這確實解決了他可能面臨「輟學」的危機。

阿豪最擅長的科目是數學，幾乎每一次的月考、大小考都得到全班最高分。擔任數學小老師的時候，老師常授權他用鋼板刻出、印出每個禮拜的數學小考試題。在榮譽感的激發下，阿豪更努力的要讓自己在學業上有優異的表現，他領略到預習對學習上的益處，而在多次數學競試中贏得的獎學金，也成為他驅策自己「好還要更好」的動力。

國三的時候，學校徵召幾位成績優秀的學生，參加當時的「北聯」（台北區公立高中聯招），阿豪也列在名單當中。畢業前夕，當地的一所高中校長親自家訪，希望阿豪的父母讓他就讀那所學校，將提供三年的學雜費，以及高額的獎學金。雖然這些條件讓家人有些動心，但是父親還是堅持要阿豪參加北聯，希望他去見見世面。結果，阿豪考上北聯第二志願學校，在這所洋溢著開放、民主、自由、多元的風氣和充滿創意的學校，也開展了阿豪爾後不一樣的人生。

高中時期，阿豪參加學校的資優營隊，因而奠定了良好的學術基礎，連續三年的數學科科展都代表班上參賽，讓他從中培養出獨立研究的能力。而在因緣際會下，阿豪愛上了口琴，愛上那琴韻在舌尖滑動的美，愛上那輕柔音符在空中跳動的俏。只要吹著口琴，彷彿就可以忘卻一切煩憂，因此阿豪加入了口琴社。某個週末，阿豪回家與爸爸聊起參加口琴社的點點滴滴，沒想到爸爸忽然從抽屜裡拿出一把口琴給他。「阿爸，你哪有錢可以買口琴？」阿豪不知道老爸什麼時候知道他愛吹口琴，又什麼時候知道他的口琴是借來的。「這支是撿到的啦！」老爸回話的語氣就像父母常騙小孩說「你是撿來的！」那般輕鬆。從老爸手中接過

「恩典牌」口琴

口琴，阿豪不由得熱淚盈眶，他知道那代表的是父母無私的愛！

阿豪在高中遇到的一位化學老師，則讓他找到了自己人生的目標。這位老師在教學的敬業與專業上，令阿豪欽慕不已，因此他決意將「國立台灣師範大學化學系」列為主要的志願。說也奇妙，聯考分數果真落在他的理想志願上，全家都為他感到歡欣不已，一來化學是他最感興趣的學系，二來是進入公費的學校師範大學，三來連將來的工作都有著落了，對家裡的經濟負擔將大大減輕。

阿豪在師大加入了口琴社，除了精進口琴的技能外，對於人際關係的處理，更有長足進步。大二時，阿豪被選為口琴隊的隊長，負責管理口琴音樂教育訓練、表演等事務，他所制定的「刻譜須知」，讓許多被遺忘的舊譜得以起死回生。在口琴社裡，不論是安排課程或作聯繫，都是學習的機會，阿豪也和社團裡的同好建立了深厚的情感。

師大畢業後，阿豪進入教育界，到偏鄉學校服務，看著孩子純真的笑靨，他常不由得想起當年的自己。回顧這一路走來的求學過程，雖然曾經跌跌撞撞、懵懂無知，但在師長的包容、關愛和教導下，他獲得奮發向上的動力，發掘自己的潛能，也找到人生的方向。阿豪懷著感恩的心，希望透過教育工作，幫助更多需要關照的幼苗，為他們照亮一片迎向光明的大道。

※　※　※

「校長，謝謝您送的口琴！」看著小力興奮的表情，就好像看到當年自己從父親手中拿到口琴時的驚訝和雀躍。小力很喜歡音樂，可是家境貧窮。當年阿豪正是因為經濟因素，根本不敢夢想擁有一支口琴，「溫飽」是那個年代最基本的奢求。貧窮會激起人力爭上游的鬥志，卻也可能是讓人沉淪的誘因；他很慶幸自己是屬於前者。殷實苦幹的父母親、如貴人般伸出援手的老師，再加上自己的努力，使他在成長過程逐步的發現自我、建立良好的價值觀，終於可以脫離貧窮，為自己彩繪出不一樣的人生。

「校長，請問一下喔，學校的鋼琴有YAMAHA、河合的牌子，那——這支口琴是什麼牌子啊？」小力好奇的問著。阿豪校長看著天真的小力，憐愛的說：「它是『恩典牌』口琴喲！」

阿豪想幫孩子造一座夢想的城堡、快樂學習的殿堂，他想，「口琴」是自己的專長，所需要的經費也不像成立一個樂團這麼龐大，或許是可以在學校推動的音樂性社團。「讓口琴優美的琴聲在校園內迴盪吧！」阿豪摸著手上那支跟著自己許久的口琴，心裡期許著。

同學們聚在教室裡，正練習吹奏周杰倫的〈稻香〉。輕快的節奏配上口琴輕柔的琴聲，讓這首歌更充滿感情。「還記得你說家是唯一的城堡，隨著稻香河流繼續奔跑，微微笑，小時候的夢我知道，不要哭讓螢火蟲帶著你逃跑，鄉間的歌謠永遠的依靠，回家吧，回到最初的美好！不要這麼容易就想放棄，就像我說的，追不到的夢想，換個夢不就得了，為自己的人生鮮豔上色，先把愛塗上喜歡的顏色，笑一個吧！功成名就不是目的，讓自己快樂快樂這才叫作意義……」，阿豪忍不住跟著音樂哼起這首歌，看著孩子們專注的眼神、唇舌在口琴的音孔間滑動，他的心中有股說不出的感動。

是啊！阿豪覺得自己何其有幸，可以在此時感恩父母、感恩免費幫他補習的老師、感恩口琴社的學長學姊，也感恩自己能如願的從事教育工作。領受著這麼多的奇異恩典，阿豪決定，要讓

「恩典牌口琴」傳承下去，陪伴更多需要的孩子展翅飛翔。

青春・導鈴

阿豪的家境並不好，求學過程也曾犯大大小小的錯，但阿豪憑著努力和自我反省能力，在一次次的事件中學習與成長，建立正確的價值觀，所以天助自助，人生路上遇到不少的貴人接連相助。阿豪懷著一顆感恩的心，當自己有能力付出時，他也不遺餘力地爲偏鄉孩童服務，創造

「恩典牌口琴」，並希望能一直傳承下去。人生中總是會遇到風雨，你能像阿豪一樣正面、積極看待嗎？相信你看完阿豪的故事後，一定能得到一些啓發！

心靈驛站

你不能決定生命的長度，但是你可以控制它的寬度；

你不能左右天氣，但是你可以改變心情；

你不能改變容貌，但是你可以展現笑容；

你不能控制他人，但是你可以掌握自己；

你不能預知明天，但是你可以利用今天；

你不能樣樣勝利，但是你可以事事盡力。

國家圖書館出版品預行編目資料

青春，逆轉勝！ / 薛春光主編.
-- 初版 . --臺北市：幼獅，2012.09
面；　公分. --（多寶槅；196）（文藝抽屜）

ISBN 978-957-574-882-1 （平裝）

855　　101016837

・多寶槅196・文藝抽屜

青春，逆轉勝！

主　編＝薛春光
策　劃＝中華民國中小學校長協會
繪　者＝陳維霖
出 版 者＝幼獅文化事業股份有限公司
發 行 人＝李鍾桂
總 經 理＝廖翰聲
總 編 輯＝劉淑華
主　編＝林泊瑜
編　輯＝朱燕翔
美術編輯＝馬皓筠
總 公 司＝10045台北市重慶南路1段66-1號3樓
電　話＝(02)2311-2832
傳　真＝(02)2311-5368
郵政劃撥＝00033368

門市
・松江展示中心：10422台北市松江路219號
電話：(02)2502-5858轉734　傳真：(02)2503-6601
・苗栗育達店：36143苗栗縣造橋鄉談文村學府路168號（育達商業科技大學內）
電話：(037)652-191　傳真：(037)652-251

印　刷＝崇寶彩藝印刷股份有限公司
定　價＝200元
港　幣＝66元
初　版＝2012.10
書　號＝986250

幼獅樂讀網
http://www.youth.com.tw
e-mail:customer@youth.com.tw

行政院新聞局核准登記證局版台業字第0143號